Edition Akzente
Herausgegeben von
Michael Krüger

Oskar Pastior

»Jetzt kann man schreiben was man will«

Carl Hanser Verlag

Oskar Pastior Werkausgabe
Herausgegeben von Ernest Wichner
Band 2

1 2 3 4 5 07 06 05 04 03

ISBN 3-446-20277-3

Umschlag: nach einem Entwurf von Klaus Detjen
unter Verwendung einer Zeichnung von Oskar Pastior (S. 237)
Satz: Filmsatz Schröter GmbH, München
Druck und Bindung: Friedrich Pustet, Regensburg
Printed in Germany

Inhalt

Gedichtgedichte

die GEDICHTGEDICHTE u
nterscheiden sich ein
wenig mehr vom papier
als das papier von ih
nen in diesem spielra
um befinden sich die
chancen und das elend
des einen wie der and
eren vergleichen lass
en sich die GEDICHTGE
DICHTE nur mit dingen
die vergleiche aushal
ten insoweit sind sie
verbindlich als erfin
dungen sind sie dem v
erschleiß unterworfen
als deutschtext jedoc
h verhalten sie sich
zum beispiel anders a
ls theorie sie dienen
manchem behufe und ha
ben die lacher auf de
r kehrseite während d
es schweigens kämpfen
die musen

das inhaltsverzeichnis setzt sich aus seitenzahlen und anfangszeilen zusammen es hat eine konstruktive tendenz und stimmt mit der wirklichkeit überein von deren überfluß es kündet ein glücksfall verschwiegener aussage wir bitten um verständnis *das taschengedicht ist so flexibel wie eine tasche je elastischer das* kennwort desto kürzer die pause kleinstrukturen sind handlich so schön und auch wie tief eigentlich könnte schneelindchen es darauf ankommen lassen an papiermessern gefallen zu finden was ist ein papiermesser der papiermesser ist ein langer zustand der in aforismen platz hat da trifft der em den el auf der straße jeden einzeln antwortet el

in der ersten zeile steht ein A und noch ein A es sind die beiden A der ersten zeile in der zweiten zeile steht ein A und noch ein A es sind die beiden A der ersten zeile aber untereinander vertauscht in der dritten zeile steht ein A und noch ein A es sind nicht mehr die beiden A der ersten zeile sondern die beiden A der vierten zeile allerdings untereinander vertauscht das kommt in der vierten zeile zum vorschein wo ein A steht und noch ein A also die beiden A der vierten zeile allerdings untereinander nicht vertauscht das gedicht kann horizontal und vertikal gelesen werden wodurch die wirkung frappant gesteigert wird bitte nachzeichnen

das einprägsame gedicht beginnt mit den worten: VERGESST NICHT: TODAY IS THE FIRST DAY OF THE REST OF YOUR LIFE es ist im rundfunk zu hören und besticht immer wieder durch seine aktualität zusätzlichen lustschauer jagt manchen hörern die alogik ein wie seltsam so überlegen sie ist doch das leben wir leisten bestechenden aufforderungen folge bzw bemühen uns einen erfreulichen leitsatz nicht zu vergessen haben wir ihn endlich uns eingeprägt so brauchen wir nichts zu tun bzw nur noch zu warten der nächste tag kommt bestimmt ja er bricht an nein bestürzung verwirrung schmale gesichter umsonst die bemühung zu viel memoriert er wird und wird nicht zum ersten tag was tun was bloß rasch tun alles wieder vergessen dann geht die erfreulichkeit flöten oder alles so lassen dann wird sie uns aber eklig vermiest gewissensfragen entscheidungsqualen wie seltsam die lebensprobleme und doch auch wie erfreulich haben wir uns entschieden oder nicht entschieden so brauchen wir nichts zu tun bzw nur noch zu warten die nächste sendung kommt TODAY IS THE REST OF YOUR LIFE *in der ersten strofe stehen vier schöne wörter in der zweiten strofe* stehen vier häßliche wörter die vier schönen wörter beziehen sich auf ein abscheulich häßliches wort das im gedicht nicht vorkommt und auch mit den vier häßlichen wörtern der zweiten strofe nichts zu tun hat die vier häßlichen wörter wiederum beziehen sich auf ein unsagbar schönes wort das ebenfalls im gedicht nicht vorkommt und mit den vier schönen wörtern der ersten strofe nichts zu tun hat die beiden im gedicht nicht vorkommenden wörter also das abscheulich häßliche und das unsagbar schöne beziehen sich nun aber beide auf ein drittes im gedicht nicht vorkommendes wort haben jedoch wohlgemerkt miteinander nichts zu tun dieses dritte wort das also als bezugspunkt der beiden anderen im gedicht nicht vorkommenden jedoch wohlgemerkt miteinander nichts zu tun habenden wörter anzusprechen wäre jedoch weder mit den im gedicht vorkommenden vier schönen wörtern der ersten strofe noch mit den vier häßlichen der zweiten strofe was zu tun hat ist ein trauriger fall von außerliterarischer manipulation das gedicht könnte zwar ohne weiteres erscheinen wird aber nicht geschrieben geplanter titel des gedichts ABSEITS *das tonbandgedicht hat eine goldene stimme sie erzählt eine ge-*schichte von einer tötung während ein tonband läuft das mit einer goldenen stimme die geschichte dieser tötung erzählt die goldene stimme ist die stimme des getöteten sie erzählt wie das tonband weiterläuft während der schlag auf ohr und hinterkopf ein absacken ein röcheln ein totsein bewirkt das alles aber wie im stummfilm weil die ganze zeit nur die goldene stimme des getöteten vom tonband zu hören ist sie erzählt wie ein gedicht daß einerseits der eindruck aufkommen konnte ein stummfilm sei gerissen aber die musik laufe weiter andererseits der stummfilm im saal weiterlaufe so daß man zwar sehe wie ein glas vom stuhlrand kippt aber nicht höre wie es zerschellt ebenso den noch baumelnden telefonhörer ohne das quäken zu vernehmen weil ja noch immer die goldene stimme des tonbandes die zeitansage durchgibt das tonbandgedicht trägt den märchentitel ruckediguck *im fleischfressenden gedicht sitzt das mädchen in der ersten metafer* auf einem tulipan der tulipan auf der nase des oberliliputaners von aschchabad und dieser auf einer prise blauen ingwers wer später kommt muß bei der zweiten metafer zur strafe zwölf reverenzen vor dem großen kandelaber machen bevor er einsteigt dort wartet frau duncan am steuer und überreicht ihm eine staubhaube die dritte metafer ist von vorne höher als breit von der seite breiter als hoch sie enthält ein als hausapotheke getarntes wildpretbesteck und einen künstlichen stieglitz mit der vierten metafer ist noch nichts anzufangen sie ist einseitig geladen und schläft die fünfte metafer ist leicht zu bemerken sie strömt einen klebrigen geruch aus und funktioniert nach einwurf eines gliedes die sechste fehlt doch das ist ein trugschluß weil sie von innen her leuchtet vor der achten metafer aber hüte man sich sie ist falsch und niederträchtig mehrere leser darunter eine drogistin und zwei filologen die sich mit ihr einließen sind seither verschwunden das mag als kunstgriff angehn aber bitte wohin führt es die neunte metafer ist keine metafer das tulipanmädchen alias frau duncan künstlicher stieglitz einseitig geladen und schläft noch stempeluhr trugschluß mit innenbeleuchtung alias menschenfalle sitzt unterm großen kandelaber und tranchiert mit ihrem wildpretbesteck die nase des oberliliputaners von aschchabad mit scheuen großen augen stehen metafer zehn und elf und zwölf schlange was sie da erwartet das fleischfressende gedicht ist nicht zu ende aber im wesentlichen skizziert sein rollenwechsel ist iterativen charakters *das durchsichtige gedicht plaudert aus der schule es befindet sich* auf einer INNENSEITE etwa des klassenfensters wird aber von AUSSEN unter umständen d h wenn es nicht schon beim schreiben spiegelverkehrt abgefaßt wurde ehestens beim lesen als PALINDROM empfunden so nämlich heißt das fenomen dieses fenomen ermöglicht es dem gedicht aus der ELUSCH zu plaudern das ist nicht immer NÖSCH denn schon in der sechsten zeile macht das wort AHA alles wieder fraglich denn wie ist es konzipiert? verstehen sie AHA oder AHA? mit anderen worten haben es die lehrer oder die schüler geschrieben lesen es die lehrer oder lesen es die schüler lesen sie es in der klasse oder auf der straße wer liest wo wie? AHA oder AHA? oder ist alles noch palindromischer? war auf der INNENSEITE die absicht ein für die INNENSEITE spiegelgleiches AHA abzufassen nicht etwa mit dem zweck betrieben von AUSSEN zwar ein spiegelverkehrtes gleichwohl aber von der absicht der abfassung her spiegelgleiches die verkehrung von außen miteinbezweckendes und somit in der tat doppelt spiegelverkehrtes also logisch spiegelgleiches AHA abzufassen? der gedankengang läßt sich mit ähnlichen resultaten mehrfach durchspielen verliert aber an relevanz wenn man bei näherer betrachtung auf eine scheinbar vorgegebene symmetrie im AHA selber stößt die andererseits wieder die dinge noch viel verzwickter macht oder nicht? aber richtig brisant wird das gedicht erst in der achten zeile wo im wort REGEN die rassendiskriminierung und im wort BEIL faschistoide elemente im deutschen volkslied angesprochen werden oder nicht? fabelhaft vielschichtig in seiner schlichten pseudo-irreversibilität der schluß SUSE AM SEIL OH EINE MEISE AH EIN HASE *in der ersten zeile stellt sich der dichter ein geschlechtsorgan vor in* der zweiten zeile stellt sich der dichter kein geschlechtsorgan vor in der dritten zeile stellt sich der dichter vor wie der leser sich ein geschlechtsorgan vorstellt in der vierten zeile stellt sich der leser vor wie sich ein geschlechtsorgan den dichter vorstellt in der fünften zeile stellt sich ein geschlechtsorgan vor wie sich der leser kein geschlechtsorgan vorstellt in der sechsten zeile stellt sich der dichter vor wie sich der dichter keinen dichter vorstellt in der siebenten zeile stellt sich kein leser ein geschlechtsorgan vor in der achten zeile stellt sich kein geschlechtsorgan vor wie sich kein geschlechtsorgan ein geschlechtsorgan vorstellt in der neunten zeile stellt sich kein dichter ein geschlechtsorgan vor in der zehnten zeile stellt ein geschlecht sich ein organ vor das gedicht ist nicht pornografisch und bezieht seinen reiz aus dem titel

NOVEMBER

das generationsgedicht wirft schmale probleme auf gustav adolf verkauft einen baum und macht urlaub auf kreta (wo geknebelt wird da fallen locken auch dürer hatte hobelspäne) ein weiteres wesensmerkmal ist die kopulative einstellung zum körpergeruch etwa swift-kontemporösem-vater-ödem oder etwas weiter zynestra-glubbel-diese-welt so oder so die heister fließt der pol zwitschert und melancolia ist aus dem haus das generationsgedicht trommelt mit kleinen stäbchen lockt die zäsuren zum dämmerschoppen und wimmelt mit dem zinsfuß die adaption erfolgt lautlos lippensynchron bei längerem lesen treten sprechblasen auf bitten zur kasse audimar und nöckig tummeln morfeme sich ein treffender vers alter kain in jungen bäuchen gleich darauf most heißt in etlichen sprachen brücke schlagt sie heißt es noch weiter schlagt sie das generationsgedicht ist wie gedichte halt sind ein natürliches gedicht *im heimfrauengedicht weigert sich die heimfrau die bezeichnung* heimfrau länger zu tragen sie legt sich den namen lila zu und reißt das kupfer von den wänden hierauf verläßt sie die fabel steigt in konkretes und färbt ihr haar kupferrot in diesem fall wird lila aber nicht glücklich sie weiß es und trümmert sich aus dem rollenfach nun spricht sie in der dritten person ab und zu in der zweiten »lila ist ein kupferner gegenstand« und »lila du kupferst ins dichterische« lila weiß um die gefährlichkeit metallener metafern biografischer übertreibungen sie fluscht in einen kupferroten stimmungszustand sie scheuert blindflecke an wänden frei die den eindruck erwecken das heimfrauengedicht sei ein alter rahmen für kupfermotive *es wird festgestellt daß ein substantiviertes eigenschaftswort eines* anderen substantivierten eigenschaftswortes anfang ist die folgen dieser feststellung sind unabsehbar weil letzteres einfach etwas so schreckliches ist daß wir außerstande sind die feststellung des gedichtes zu prüfen und es ja wirklich stimmt daß in diesem gedicht festgestellt wird daß ein substantiviertes eigenschaftswort eines anderen substantivierten eigenschaftwortes anfang ist und die folgen dieser feststellung unabsehbar sind weil letzteres etwas einfach so schreckliches ist daß wir außerstande sind die feststellung des gedichtes zu prüfen und es ja wirklich auch stimmt daß die substantivierung von eigenschaftswörtern des schrecklichen anfang ist *das entziehungsgedicht entzieht sich der beschreibung indem es aus*sagt daß es sich während der beschreibung verändere unterlassen wir also die beschreibung so entzieht es sich nicht mehr der beschreibung der zeitpunkt ist gut gewählt wir tun so als unterließen wir die beschreibung des entziehungsgedichtes und beschrieben etwas anderes z b seine unbeschreibbarkeit das entziehungsgedicht kann zwar nicht getäuscht werden es ist ja auch nur eine redensart daß es sich entzöge weil es wenn es sich entzöge eine tätigkeit ausübte das entziehungsgedicht ist aber ein produkt das keine tätigkeit ausüben sich also auch nicht entziehen kann mit diesem sprachlichen trick der zwar keine nähere beschreibung ist kommen wir trotzdem der beschreibbarkeit ein wenig näher die wir vollends erhalten wenn wir aus der zum schein vorgeführten BESCHREIBUNG DER UNBESCHREIBBARKEIT durch vorzeichenwechsel die NICHTBESCHREIBUNG DER BESCHREIBBARKEIT erhalten der subjektive faktor im ersten glied erweist sich als außerliterarisch und wir gewinnen durch extrapolierung die nackte BESCHREIBBARKEIT die halten wir fest wir sind zwar noch immer im zeitpunkt in dem wir so tun als unterließen wir die beschreibung doch arbeiten wir bereits mit der beschreibbarkeit das ist viel wert *das boticelligedicht wollte ich schreiben weil ich das parteilob geschrieben hatte* es gefiel mir aber nicht ein gedicht nur deshalb zu schreiben weil ich ein anderes geschrieben hatte und so ließ ich es bleiben nun überlege ich heißt es im nicht geschriebenen boticelligedicht ob es an boticelli liegt daß ich nichts über boticelli geschrieben habe oder ob das parteilob boticelli nicht mochte mit anderen worten ob ich vielleicht doch über boticelli geschrieben hätte wenn ich das parteilob nicht geschrieben hätte oder ob ich über boticelli sowieso nicht geschrieben hätte weiter heißt es im nicht geschriebenen boticelligedicht daß das parteilob den titel BOTICELLI gehabt habe während es selber nur DIE GARTENSCHAUKEL hätte heißen sollen *die ornipse ist eine flatterhafte eigens für das* LUSTIGE VOGELGEDICHT gemachte stilfigur die ornipse bevorzugt nur dinge auf die sie sich anwenden läßt auf diese weise überträgt sie ihren flatterhaften charakter auch nur einem teil des sonst ernsten vogelreiches das LUSTIGE VOGELGEDICHT besteht also aus einer liste die liste beginnt mit den handwerkern unter den vögeln der polir die spachtel der nußknacker der spengler der laubsauger es folgen die mitläufer das ballhorn die eberechse anselma die finke schnabel der grün aufrecht der poch archigull slachtibald der zikadu die feldhaubitze der stieglhupf im anhang mit stern die pickeltaube das kehlköpfchen der blausiegel die knepfe und der uho sowie die hausakuste und der mäuerling im LUSTIGEN VOGELGEDICHT erfüllt die ornipse eine nicht unwichtige funktion sie wird mit blei gelötet

ein ohr geht ironisch spazieren es begrüßt die zunehmende entropie verneint aber eine lupine die wolkensäule wird eingeführt das ohr macht sich durch klangverschiebung zur dorischen schnecke ein logos gibt sich als transvestit zu erkennen das ohr hört trotzdem weiter ein präfix wird angeschmiedet ein ablaut stellt allgemeines in frage und evoziert späte zeit hierauf wird ein abgas verdinglicht gleichzeitig ein geläufiges dialektwort durch doppelte negation vertieft und gehoben die einfache lupine ist bösartig aber nicht rachsüchtig sie bestätigt das ohr das ohr ist ironisch aber nicht unwissend es bestätigt die zunehmende entropie historifizierende wiederholung der wolkensäule suggeriert ohne ihn auszusprechen den gedanken daß alles in und nichts zwischen den zeilen steht so intensiv daß ein zwischen den zeilen schwebendes abgas den gedanken in frage stellt und gleichzeitig aber nicht ursächlich bedingt die dorische schnecke bestätigt hierauf stellen ein paar an und für sich insignifikante reizwörter sich gegenseitig in abrede werden aber durch die anwesenheit der und im kontrast zur späten zeit als präsent und wiederholbar gedacht bzw allgemein attestiert worauf das doppelt verneinte dialektwort mit seinem homonym zu einer metafer koaguliert in der sich eine der beiden verneinungen skeptisch zurücknimmt weil das gedicht hier schließt ist die metafer sehr ernst dieser ernst überträgt sich dem ganzen gedicht das ganze gedicht bestätigt einen komplexen tatbestand und stellt sich positiv in frage

*in jahrzehntelanger mühsal entstand das spiralgedicht talent-*beweis eines lüneburger automechanikers als trägermaterial diente ein unterarmlanges etwa halsstarkes bruchstück einer sprungfeder stahldraht Ø 6 mm mit einer stechlupe und bewundernswerter präzision hat der autor in die wandung des spiraldrahtes wieder spiralförmig schriftzüge graviert und zwar bruchstücke des manifestes der kommunistischen partei und gegenläufig dazu sozusagen in die schriftspirale geschraubt eine zweite schriftspirale mit bruckstücken aus dem libretto zur zauberflöte die drahtspirale kann also in beiden richtungen gelesen werden vertrackt bloß die position des lesers weil der sich abwechselnd im hals der sprungfeder im stahlgewinde und irgendwo außerhalb befindet auf jeden fall aber selber eine spiralbewegung vollführt mit etwas geschicklichkeit können akrobatisch begabte leser trotz zeitweilig nötiger verrenkung durchschlingung auskegelung und taktisch gespaltener aufmerksamkeit beiden spiraltexten bzw textspiralen gleichzeitig folgen *im atemgedicht wird vorgeführt weshalb die epik einen längeren* atem hat als die lyrik und haben muß dies geschieht mit einer vorrichtung bestehend aus mundstück vorwand oder membrane untersatz hülle und kalender die vorführung sieht so aus den kurzbeinigen breithüftigen weist die statistik ein kleines echo aber größeren radius zu idealisten hingegen bevorzugen die gallionsfigur auf diese weise werden über mundstück vorwand oder membrane untersatz hülle und kalender zwei fußballungen trainiert und jeder zweifel mürbegemacht wer immer noch meint das atemgedicht sei etwas harmloses ist auf dem luftweg *amos bjond zeugte einen satz und dieser satz war der satz* AMOS BJOND ZEUGTE EINEN SATZ auf diese weise zeugte amos bjond noch einige sätze aber sein erster war ihm der liebste deshalb und weil er ihm manchmal wirklich ausdächtig wurde schrieb er ihn seiner vertrauten HEKATHE C zum geburtstag ins poesie dann fuhr er nach lappland hekathe c wurde eine liebenswürdige dame später zeugte sie mit einem satz aus dem poesie zehn kleine negerlein die erfanden eines nachmittags zu zehnt die prärie das schmauz und den edison die prärie wurde groß das schmauz alt und der edison berühmt amos bjond war aber in lappland noch größer noch älter und noch berühmter geworden wir haben ihn aufgefordert allen unseren lieben verwandten insbesondere tante luja in reußmarkt etwas über sein nächstes zeug zu verraten bitte herr bjond an dieser stelle bricht das gedicht ab und wir halten es für künstlerisch dubiös daß die lappländische nationalhymne die sie im anschluß doch noch hören werden falls hekathe c ihr poesie nicht längst kaltgemacht hat mit dem seltsamen satz beginnt JAMOND SCHMAUZE DIE PRÄRIE *die verlegenheitspause ist irgendwo im gedicht an einer nicht näher* bezeichneten stelle angebracht sie bleibt unauffällig und steht in keinem verhältnis zum aufwand wird sie trotzdem benützt wobei es verwechslungen geben könnte so hinterläßt sie den eindruck als sei sie nicht benützt worden und jede ähnlichkeit mit einer verlegenheitspause sei aus der luft gegriffen gewiefte leser tun beim nahen einer vermuteten verlegenheitspause so als fielen sie auf eine verwechslung hinein greifen ans rechte ohr und denken an einen eckigen gegenstand ist die vermutete verlegenheitspause in der tat eine so bewirkt sie daß der eckige gegenstand sich in einen feuchten gegenstand verwandelt ist sie es nicht so hinterläßt sie auch nicht den eindruck als sei sie nicht benützt worden dann tun gewiefte leser so als jucke sie das ohr und werden manchmal blaß

es ist ziemlich einfach zu behaupten DAS GEWITTER IST VORBEI es ist ziemlich einfach zu behaupten DAS NÄCHSTE GEWITTER ROLLT AN es ist ziemlich einfach aus diesen beiden behauptungen eine dritte zu machen DAS NÄCHSTE GEWITTER IST VORBEIGEROLLT es ist ziemlich einfach vorbeizurollen wenn man aus allen diesen behauptungen eine nächste macht DAS GEWITTER IST ZIEMLICH EINFACH VORBEIZUROLLEN denn wenn das gewitter vorbei ist und das nächste anrollt und man behauptet auch dieses sei schon vorbeigerollt und folglich sei es ziemlich einfach das gewitter immer wieder vorbeizurollen dann heißt es nächstens DAS GEWITTER IST ZIEMLICH EINFACH ZU MACHEN so ein gedicht ist aber nicht schön weil es nicht logisch ist mit dem gleichen witz läßt sich nämlich auch das gegenteil behaupten wenn man beispielsweise statt GEWITTER das Wort FRÜHLING gebraucht erst der einsatz neutraler wörter wie etwa SPRACHE oder BAHNHOFSKÄSE bringen einen gewissen tiefsinn zustande *die hanfspeise ist ein binnengedicht das würgt es würgt an der be-*hauptung es würge an der schieren behauptbarkeit es könne nichts für das würgen an der behauptung es würge sein würgen an dem mit ihm betriebenen schachtel-würgel-ritual ist würgender als das würgen des verfassers an der mit ihm betriebenen hanfspeise stopfgänse können nichts dafür aber wenn die hanfspeise an sich würgt dann öffnet der verfasser ein auge er sagt er öffnet ein auge in wirklichkeit hält er eines geschlossen während das binnengedicht an sich würgt schreibt der verfasser im binnengedicht sein geöffnetes auge erbreche gewürgte hanfspeise wo ist der schnabel wo ist der mundraub wo ist die hoffahrt wo sind die automatischen knebel fragt der würgende verfasser würgt die verfassende hanfspeise äugt die geöffnete stopfgans

das autorengedicht ist dreierlei zugleich erstens ein lamento des autors zweitens ein gedicht mit verallgemeinernden prätentionen drittens eine fundgrube für verschiedene wissenschaften nichts am autorengedicht ist unpersönlich heißt es im allgemeinsten satz die meisten dinge sind aber noch spezifischer so ist von einer stereotypie die rede das ist eine art mechanisch vervielfältigter identitätsbogen über den der autor klage führt weil die biografischen symbole so eingepreßt erscheinen doch gleich darauf die verblüffende einschränkung nicht das eingepreßte störe ihn sondern das ausgesparte mit anderen worten die chancengleichheit sei noch recht im argen so individuell drückt sich der autor aus es ist ein jammer dann aber folgen unterhaltsamere beschwerden fytotechnik mietpreise wetterfühligkeit sozialprodukt däniken angst und alibi ein paarmal der versuch kognitives zwinkern als existenzmodell auszugeben und schließlich drei klangvolle infinitive das autorengedicht ist aufschlußreich kunstgewerblich als amulett getragen wirkt es dekorativ *man schreibe das wort WINDZULASSUNGSGEBÜHRENEMPFÄN-*GERANTEILSENTSCHÄDIGUNGSKLAGEBEGRÜNDUNGS URTEILSVERZICHTSSTRAFGEWINN hierauf lasse man durch einen mentalen vorgang auf dem stuhl visavis einen wind platznehmen und spiele mit ihm aufhängen der mentale wind wird bei dem langen wort ein paarmal an den galgen kommen doch achte man darauf daß die ersten vier buchstaben des langen wortes gerettet bleiben das läßt sich mental einrichten sind nur noch diese vier buchstaben also WIND übrig so entlasse man auf die nun bewährte mentale weise den zwar ein paarmal gehängten doch auf die nun sehr bewährte weise als partner am leben gebliebenen wind am besten durchs fenster und schreibe mit einem filzstift die auf die bewährte auf die sehr bewährte weise erhaltenen vier buchstaben auf ein reines blatt papier und signiere das fertige gedicht die kladde kann zu umwegsunkostensteuerabsatzbelegszwecken abgeheftet oder durch einen mentalen vorgang in den papierkorb befördert werden

*in dem gedicht kommen vor: 1 mal morgen 1 mal frau 1 mal gu-*nesch 1 mal wie 1 mal stehts 1 mal mitti 1 mal krumpirn hingegen kommen in dem gedicht nicht vor: 1 mal pardon 1 mal herr 1 mal schoger 1 mal man 1 mal kennt 1 mal seine 1 mal leit sowohl bei den vorkommenden als auch bei den nicht vorkommenden wörtern ist der index der endoktrinen häufigkeit 1 = 0 daraus ergibt sich ein relevanter bezug zwischen den im gedicht vorkommenden und den im gedicht nicht vorkommenden wörtern dessen unaussprechbarkeit als unaussprechliches in die sekundärliteratur eingeht schlicht und einfach gesagt man bedenke was das gedicht ohne die im gedicht nicht vorkommenden wörter überhaupt wäre das gedicht ist ein populäres

das dialektgedicht ernährt sich von wurzeln nachtigallenzungen froschschenkeln aber es liebt die usambaras so sehr daß es sich schämt andererseits sollte man am dialektgedicht nicht vorbeigehn ohne es von mir zu grüßen einmal hatte ein bauchredner es gekidnapt er ließ es in südwales aus einer weißen mauer reden wollte aber nichts dafür haben jetzt kann man schreiben was man will *das lesegedicht hat eine ader und fünf bläschen in der ader ist eine* art rohrpost eingerichtet sie funktioniert in beiden richtungen im ersten bläschen sind kukuruzkörner im zweiten sind die geräusche des altertums im dritten alle übrigen bis zur neuzeit inclusive im vierten sind buchstaben und im fünften ein faschierter erlkönigkomplex die fünf bläschen haben verschiedenfarbige ventilklappen und die ventilklappen werden von fünf leitbildern auch vocals genannt bedient das lesegedicht liest in mehreren sprachen am schönsten aber im mittleren vogesenidiom des transalpinen fächers der hinweis auf die in beiden richtungen funktionierende rohrpost ist wichtig weil er den schlüssel zur interpretation liefert das lesegedicht arbeitet digital und kann an menschen bücher veranstaltungen filosofien regierungen landschaften sowie an den zeitgeist in der amsterdamer haupttturmuhr angeschlossen werden es liest solange man es angeschlossen läßt die abfallende lufterschütterung rührt von den ventilklappen her und schwankt zwischen zwei und fünfzehn dezibel das lesegedicht ist ein abendländisches

das druckfehlergedicht besteht aus aneinandergereihten druckfehlern druckfehler sind falsche oder fehlende oder überzählige oder nicht ordentlich im raum befindliche oder dem drucktypenleitbild nicht entsprechende oder einfach schludrig vermanschte buchstaben satzzeichen zwischenräume u a m nun ist es theoretisch möglich ja sogar wahrscheinlich daß sich beim druck eines druckfehlers ein druckfehler einschleicht in dem fall ist es aber so gut wie unwahrscheinlich daß der eingeschlichene druckfehler den zu druckenden druckfehler aufhebt es sei denn der eingeschlichene druckfehler ist zufällig sowohl identisch mit als auch prozessual gesehen rückläufig zum zu druckenden druckfehler das ergebnis nennen wir korrektur da aber das aus aneinandergereihten druckfehlern bestehende druckfehlergedicht wie jedes gedicht ohne druckfehler gedruckt werden muß sind die druckfehler aus denen es besteht im grunde keine druckfehler sondern urtext und die sich beim druck dennoch einschleichenden druckfehler nicht druckfehlerdruckfehler sondern einfach druckfehler und erst beim abdruck des gedruckten druckfehlergedichtes könnten sich druckfehler einschleichen die in ganz unwahrscheinlichen fällen korrekturen wären das heißt mit dem urtext also dem druckfehlergedicht wieder übereinstimmten je berühmter das druckfehlergedicht ist das heißt je öfter es abgedruckt wird desto schwieriger ist es für den korrektor die sich einschleichenden druckfehler zu bestimmen um überhaupt eine korrektur in erwägung ziehen zu können er träumt von einem aus aneinandergereihten korrekturen bestehenden urtext tut er das zu oft so besteht die gefahr daß er eine unversehens eingeschlichene korrektur übersieht doch wer ist schon gegen korrekturen gefeit jedenfalls ist das druckfehlergedicht im hinblick auf den leser ein sehr fades gedicht da letzterer über die im prozessualen bereich eingeschlichenen ästhetischen kriterien als leser einfach nicht verfügt bzw verfügen kanp *das erweiterte kreuzwortgedicht hat zwei bis fünf axen die axen werden* mit ix geschrieben und treffen sich alle in einem und jeweils in mehreren punkten das gedicht kann von beliebig vielen lesern zu beliebiger zeit aus und in beliebigen richtungen beliebig oft und lange gelesen werden da es sich um geistige vorgänge handelt sind etwaige zusammenstöße zweier oder mehrerer leser nicht sehr tödlich das passiert meistens an den schnittpunkten obwohl diese das reizloseste am gedicht sind erwägenswert hingegen sind momente teleogener einsichten und ausblicke beispielsweise wenn man aus richtung GERMTEIG kommend sich unversehens im zentrum von GUGLHUPF befindet um in richtung IMMENSCHMATZ fortzufahren das ist auf einer strecke von axe 3 der fall übrigens beschwört axe 1 lieder und völker der sagen axe 2 fauna und flora vom eozän bis zara latundra axe 3 schlemmerbissen aus aller welt axe 4 ist ökonomisch bestückt massenmedien bergbau und sonstiges während axe 5 zwar mit tips aus zufall & vorsehung das neue universum sexualplanung & handfertigkeit nicht geizt aber in den schnittpunkten ziemlich läppische kombinationen schließt bzw aufgabelt die supermetafer des im erweiterten kreuzwortverfahren erstellten gedichtes mit 2-5 axen sitzt keineswegs im mittelpunkt sondern muß mit hilfe eines hilfsparallelogramms innerhalb von fünfundfünfzig sekunden ermittelt werden dann lautet sie KRUZITÜRKENNOCHEINMAL sonst nicht *das leitartikelgedicht ist wird und kann keine beschreibung eines* leitartikels sein geschweige denn ein solcher selbst im gegenteil es unternimmt den versuch zu beweisen weshalb ein gedicht niemals ein leitartikel und viceversa sein kann insoweit ist das leitartikelgedicht prima unerwartet offen stellt es fest daß es verfaßt wurde nun in die zeitung gedruckt und morgen an den mann kommen kann und wird es schildert auch die zeitung in der es erscheint auflagenhöhe gebietsmäßigkeit und politische relevanz sogar die schlagzeile der titelseite der betreffenden nummer wird eindeutig verfremdet zitiert ebenso teile des impressums nebst biografischem rankwerk am gelungensten ist die breitangelegte mittelstufe in der das streuvermögen des gedichtes auf die ringsum gedruckten artikel bzw dieser artikel auf das gedicht nicht nur vermerkt sondern auch untersucht wird ungeahnte wechselwirkungen gehen auf diese weise in die substanz des lyrischen wie der sie umgebenden prosa über und ein anhand von kritischen beispielen führt es vor wie FLUTKATASTROFE die fügung UNWEIGERLICH OH STAUDE sinnfällig unterstützt DU SAGST ES den leitspruch JUNG SEIN UND IN ahnend ergänzt weiterhin ist die rede von durchschlagenden effekten eines formschönen fotos der hinterseite sowie vom seitensymmetrisch placierten kaninchenball INFORMATION EIN EFFEKTIVER WERT wobei nochmals auf die grundlegenden unterschiede zwischen dem seriösen unabhängigen leitartikel und dem subjektiv empfundenen ja oft spielerischen gedicht trotz der erwähnten streuungsfelder entschieden hingewiesen wird das auf die metafer eines blühenden strauches hindrängende skeptischer ja sogar verzweifelter töne durchaus fähige leitartikelgedicht trägt den leider ein wenig programmatischen titel DER TEIL UND DAS GANZE *im fernsehgedicht sitzt der verfasser des gedichtes vor dem bild*schirm und läßt sich vom leser seines gedichtes der auf dem bildschirm zu sehen ist wort für wort sein auf diese weise zustandekommendes gedicht diktieren gleichzeitig überträgt eine fernsehkamera die im arbeitsraum des verfassers aufgestellt ist den auf diktat schreibenden verfasser auf einen monitor im wohnraum des diktierenden lesers der auf diese weise das tempo des diktats überprüft bzw neue impulse für sein diktat erhält der arbeitsraum des verfassers und der wohnraum des lesers befinden sich in einem schönen haus im fichtelgebirge durch die fenster beider räume ist im hintergrund eine schöne landschaft zu sehen außerdem befindet sich in beiden räumen je ein weiterer bildschirm auf dem das sendebild läuft und der bei entscheidenden metafern ins sendebild eingeschwenkt wird das mischpult befindet sich in cuxhaven da der verantwortliche der mischpultanlage sich zur zeit auf urlaub im fichtelgebirge befindet aber gerne mitmacht und weil der zufall ein wesentliches moment ästhetischer produkte darstellt und er deshalb im gleichen schönen haus das zwischen dem arbeitsraum des verfassers und dem wohnraum des lesers gelegene zimmer bewohnt steht er über kameras und bildschirme mit dem mischpult in verbindung um bei entscheidenden wendepunkten im notfall weisungen zu erteilen sei es durch weitergabe der meßwerte des ebenfalls mit ihm in sichtverbindung stehenden ressortleiters des mit der simultanauswertung der meinungsäußerungen der fernsehzuschauer in aller welt beauftragten testinstitutes in marseille und dessen computern an das mischpult sei es durch spontane klopfzeichen an der wand des einen oder des anderen nachbarzimmers sowohl die reaktionen des mischpultverantwortlichen als auch die seiner mischpultler der testinstitutler des kommentators in bern und des gesamtkünstlerischen leiters im sendehaus die selbstredend auch angeschlossen sind können an entscheidenden höhepunkten mit eingeblendet werden zwischen den strofen melden sich berichterstatter aus den großen metropolen und von den abgelegenen inseln und plaudern mit ortsansässigen zuschauern der sendung über diverse aspekte verwirrung entsteht als ein reporter in den wohnraum des diktierenden lesers stürmt und ihn um seine lesermeinung bittet die sache wird geistesgegenwärtig und witzig abgebogen indem der aufmerksam die antwort des diktierenden lesers mit ins gedicht schreibende verfasser ins sendebild geholt wird das kollektiv entstehende fernsehgedicht beschreibt kommunikationsprobleme im urlaub im fichtelgebirge die sendung ist laif und dauert zwölf minuten fünfundvierzig mit an- und absage fünfzehn *das elefantengedicht schildert paradoxerweise seine eigene wirkungsgeschichte* und zwar in der 1. person zunächst befragt der elefant seinen autor den er als namhaften unabhängigen veränderer bezeichnet warum dieser nach 5 jahren direktgattung so unvermittelt wieder ins aren der poesie getreten bzw ihn den elefanten geschaffen habe nun aus einsicht ins antizipierende doch stelle er sich erst mal selber vor hierauf zitiert der elefant sich kurz er sei ein kindervers mit den silben pachy – pachy – derm dem hinweis auf ein reibeisen eine runkelrübe einen abzählvorgang und den zarten schmelz am rüssel im grunde ein prägnantes bild vorweggenommener sensibilität ja meint pachy so weit so gut ich erschien ene tene turz war das ein wiedereintritt ins aren hier überstürzt sich fakt auf fakt pachy verliert die objektivität mißtraut mißgönnt seinem autor mißversteht die lage das literarische ereignis so stellt sich heraus war seit 5 jahren vorbereitet PACHY DER WIRBELWIND IN DEUTSCHLANDS HERZEN so ein mißverständnis die kritik tut ihr bestes erklärt unterstellt vermittelt empört sich befragt lobt untersucht filologisch der namhafte jetzt noch nahmhaftere unabhängige veränderer distanziert sich zieht pachy zurück mehrere firmen sehen diverse produkte mißkreditiert und starten preisausschreiben WO IST UNSER PACHY dabei spiele ich inkognito täglich von 12-17 uhr im englischen garten mit den kindern und bin sehr traurig läßt pachy durch einen mittelsmann dem reporter eines großen tagblatts zuflüstern der findet aber wie der bildbericht am nächsten tag den bangen leser informiert bloß ein zurückgelassenes reibeisen und eine runkelrübe tags darauf zehn tatsächliche dickhäuter auf zehn spielplätzen deutschlands doch leider ist aus ihnen kein wort herauszukriegen der namhafteste unabhängige veränderer zieht seine distanzierung zurück spricht zu den volksmassen ES GEHT HIER NICHT UM PACHY nichtsdestotrotz ist pachy in aller munde aller herzen alle haushalttestinstitute arbeiten auf hochtouren anfragen auf höchster ebene werden annulliert neue produkte wie PACKI FAGGY BACHIE tauchen auf gehen reißend die tierpoesie erlebt im pachismus eine neue blüte der deutsche autor bleibt standhaft auf dem konzil zu folkwhits verleugnet er zwar den inzwischen patentrechtlich geschützten echten pachy nicht aber den geist der antizipation und zieht sich hierauf für weitere 5 jahre in die direktgattung zurück am schluß des elefantengedichtes stellt pachy ein wenig ahnungslos fest immerhin komme er nun schon im duden vor und das sei unter umständen erzieherischer als im englischen garten zugegeben ein wirkungvoller ausgang sagt pachy *das landschaftsgedicht besteht aus dichte und undichte dicht nen-*nen wir die ansammlung von kleinen oder bewegten teilen undicht hingegen alles kompakte oder einförmig ruhende außer dichte und undichte unterscheiden wir im landschaftsgedicht zeichen und ereignisse zeichen sind teile die uns mehr sagen als der namen den sie haben ereignisse wiederum jene die ungeachtet ihres namens sinne und gefühle erregen was geschieht nun nun werden im landschaftsgedicht mit hilfe der dichte der undichte der zeichen und der ereignisse einzelne landschaften nachgezeichnet und zwar so indem man sich auf den standpunkt des lesers stellt und sich von rechts nach links einmal im kreise dreht die landschaft reicht von der fußspitze bis zum gesichtskreis oder horizont steht man auf einem stuhl einer anhöhe einem turm so überblickt man mehr landschaftsteile ebenso vom mast eines schiffes aus dem flugzeug und im traum die teile im blickfeld welche in leserichtung geraten ergeben in form einer diagrammzeichnung die sich schließende rundzeile des gedichtes es sei denn man verändere während der drehung den standort zu fuß oder in einem gefährt oder wechsle die höhe etwa in einem kran durch natürliches wachsen oder bei erdbeben in diesen fällen schließt sich die zeile nicht sondern bildet eine offene schlaufe bzw einen spiralansatz obwohl die grafik perspektivische verjüngungen und fluchtpunkte des auges in keiner weise berücksichtigt also einen normalen mentalen vorgang nachzieht gibt es gar keine ähnlichkeit mit einer landkarte im landschaftsgedicht kommt nämlich auch die zeit vor während einer drehung kann es beispielsweise passieren daß das dichte ereignis einer wetterfront sich zerstreut und an stelle die zeichenhafte undichte etwa der bekanntermaßen gefährlichen matterhornfelswand vorkommt ein einzelnes undichtes ereignis wie ein flugobjekt kann mehrere male in die rundzeile geraten so daß man sich angesichts dieses schwarmcharakters fragen wird ob da nicht etwa doch ein dichtes ereignis bestehe im prinzip ist die länge der rundzeile immer gleich da der augenabstand in bezug auf den kopfumfang von mensch zu mensch nicht wesentlich variiert doch ihre grafik und die liegt uns am herzen wird unterschiedlich ausfallen je nachdem ob man die drehung in 5 sekunden 2 tagen oder 34 jahren macht es gibt auch fälle in denen ein landschaftsbeobachter ein leben lang für eine vierteldrehung braucht so daß andere einspringen müssen und das landschaftsgedicht wenn auch sehr langsam aber im teamwork zustande kommt je länger die umdrehung dauert desto mehr veränderungen werden in der grafik sichtbar und zwar nicht nur was die landschaftsteile betrifft etwa abholzung grüner dichteereignisse zugunsten von zeichenundichte in bausachen oder ereignisundichte in menschengruppen sondern auch in der beurteilung der teile weil dem sich drehenden ein und derselbe ausgangs- bzw schlußteil etwa ein munizipium ein grenzbaum ein steinbruch im laufe der drehung vom zeichen zum ereignis werden kann und umgekehrt deshalb sind die kopfenden wo beginn und ende der rundzeile sich unter umständen treffen so relevant ihr querschnitt genauer gesagt die gegenüberstellung der beiden querschnitte dient der bestimmung des individuellhistorischen landschaftsquotienten ein objektiver kennwert mit ästhetischen qualitäten

das gedicht besteht aus fünf strofen jede strofe besteht aus einem wort dieses wort heißt WAGGON das gedicht besteht also aus fünf wörtern WAGGON WAGGON WAGGON WAGGON WAGGON weil aber jedes dieser fünf wörter eine strofe darstellt gibt es zwischen dem ersten und dem zweiten dem zweiten und dem dritten dem dritten und dem vierten und dem vierten und dem fünften wort je einen strofenzwischenraum weil aber die fünf strofen ein gedicht sind gibt es nicht nur eine erste und eine letzte und dazwischen eine nächste bzw vorvorvorletzte und eine übernächste bzw mittlere bzw vorvorletzte und eine überübernächste bzw vorletzte strofe sondern auch die erste die zweite die dritte die vierte die fünfte strofe das jedoch heißt daß die die fünf strofen bildenden wörter nicht nur zwar die gleichen aber nicht dieselben sind sondern auch daß sie zwar durch zwischenräume getrennt sind aber doch auch aneinanderhängen und zwar so daß es unmöglich wäre beispielsweise vom nächsten WAGGON direkt zum überübernächsten oder vom fünften direkt zum zweiten oder vom mittleren direkt zum ersten oder direkt zum letzten WAGGON zu gelangen ohne daß man vorher ein paar strofen vertauscht hätte was hieße daß man sich in einem zwar gleichen aber nicht mehr demselben gedicht bewegen würde und von einem solchen gedicht ist ja hier nicht die rede überhaupt die fortbewegungsfrage denn gesetzt den fall ich bewege mich vom ersten WAGGON durch den zweiten WAGGON in den dritten WAGGON so bewege ich mich gleichzeitig vom vorvormittleren durch den vormittleren in den vorvorletzten WAGGON um diesen aber als vorvorletzten zu identifizieren muß ich während ich mich vom vormittleren in den vorvorletzten begebe mich gleichzeitig vom letzten durch den übermittleren in den nächsten also den mittleren oder dritten oder vorvorletzten WAGGON begeben schön und gut aber wie kann das geschehen das kann wohl geschehen weil der erste der zweite der dritte der vierte und der fünfte WAGGON mit unwahrscheinlicher geschwindigkeit ständig ihre plätze tauschen hin und her und durcheinander das sieht ihnen natürlich keiner an weil jeder glaubt er sei im selben und gleichzeitig im gleichen WAGGON was ja auch stimmt nur daß es unmöglich wird die fünf strofen des gedichtes in einem atem zu nennen indem man etwa sagte man fahre in fünf WAGGONS das stimmt nämlich nicht ganz abgesehen davon wer da eigentlich fährt das gedicht im leser oder der leser im gedicht oder irgendwie anders im zusammenhang mit papieruhren oder überhaupt nicht weil WAGGON egal welcher nur ein zum fahren gedachtes wort ist aber es kommt noch schlimmer man stelle sich vor wenn ich zum beispiel nicht nur ein leser sondern gleichzeitig auch ein raucher wäre und ein WAGGON mir zwar als leser als ein gleicher als raucher jedoch keineswegs als derselbe nämlich der mit raucherabteil erschiene oder wenn ich nicht nur ein leser und raucher sondern auch gleichzeitig ein zugschaffner oder ein heilwasservertreter oder ein abgeordneter oder eine romangestalt ein botanist ein grenzübertreter ein orgelpfeifenrestauratör oder gar ein nie eisenbahn fahrender oder ein nie in der eisenbahn ein gedicht lesender oder ein nur im schlafwagenabteil sich an andere gedichte erinnernder wäre oder mein gott mehrere von diesen oder hilfe alle zusammen und gewiß noch einiges hinzu nein nicht auszudenken darum schlage ich vor a) womöglich nie einen zug zu benützen der aus fünf strofen besteht b) wenn es schon sein muß die strofen im kreis anzuordnen damit das problem des zählens theoretisch zumindest vereinfacht wird und auch von rechts nach links lesende leser im gleichen zug gleichzeitig die rückreise machen können c) weil der vorige und der vorvorige vorschlag doch recht unzufriedenstellend sind vielleicht vorher einmal überhaupt versuchen fünfmal hintereinander das gleiche zu tun

DIE NEUNSCHWÄNZIGE VERMUTUNG artikuliert sich indem sie UNVERMUTET auftaucht (fortschritt im vergleich zur siebenschwänzigen die im gedicht zwar später auftaucht aber einer vorausgegangenen epoche angehört) während sie also neunschwänzig und unvermutet mitten in einer feststellung über die sanfte beschaffenheit des karpatho-pannonischen meerauges POTOPUL MARE auftaucht wird völlig zusammenhanglos ein BAHNBEAMTER eingeführt und zwar ausdrücklich EINGEFÜHRT mit einem fernlaster aus dem jenseitsgrenzischen und direkt in das meerauge in einem anderen gedicht würde das meerauge nun etwas tun etwa irritiert zwinkern es tut aber gar nichts bzw. reflektiert weiter den karpatho-pannonischen himmel nichtsdestotrotz ist die lage gespannt die unvermutet aufgetauchte NEUNSCHWÄNZIGE VERMUTUNG hat sich in ein nahegelegenes kukuruzfeld verzogen und kurz darauf als FALSCHE VERMUTUNG herausgestellt der FELDBEGRIFF schwebt wenn auch unklar im raum UNVERMUTET taucht der BAHNBEAMTE im mit dem meerauge kommunizierenden SCHWARZEN MEER auf zu seinem entsetzen ist er NEUNSCHWÄNZIG das rettet ihn vorläufig vor dem ertrinken wie aber geht es weiter DER FELDBEGRIFF greift ein völlig zusammenhanglos stellt er eine behauptung auf und fällt ein urteil das die nahe liegende FALSCHE VORMALS NEUNSCHWÄNZIGE VERMUTUNG aufhebt mit ihr im arm begibt sich der im raum schwebende FELDBEGRIFF stracks zum fernen SCHWARZEN MEER und wirft sie über dem NEUNSCHWÄNZIGEN BAHNBEAMTEN ab was zwischen den beiden vor sich geht bleibt vermutung weil es zwischen zwei strofen passiert jedenfalls wird ein FALSCHER BAHNBEAMTER von einem fischkutter geborgen und anderthalb zeilen weiter exportiert von einer VERMUTUNG keine spur bis in einer der nächsten feststellungen über die sanfte beschaffenheit des karpatho-pannonischen meerauges POTOPUL MARE plötzlich wieder UNVERMUTET eine SIEBEN-

SCHWÄNZIGE VERMUTUNG auftaucht das wäre gelacht unhistorisch nun da sie eine einer überholten epoche angehörende nur SIEBENSCHWÄNZIGE vermutung ist wird völlig zusammenhanglos auch nur ein POSTILLON eingeführt die geschichte wird entsprechend wiederholt desgleichen der FELDBEGRIFF mittels lautverschiebung je nach UNVERMUTETEM bedarf in EHRENPREIS bzw SCHMETTERNICH bzw BEWUSSTSEIN DER NATION abgewandelt das gedicht ist gereimt und DEM GROSSEN NEWTON gewidmet *im vorwortgedicht ist von einer bemühung die rede es fällt das Wort* FLUGA DER LAUF dann wird die BEMÜHUNG nicht genannt dafür kommt die wendung IMMER SEHR FROLL (vor) mehrere zeilen sind gestrichen und nicht ersetzt (worden) weiter heißt es von einer rücksicht sie sei GEWISS NICHT SCHWERWIEGEND und vom manuskript man habe doch NUR ERWARTUNGEN gehabt das gedicht ist selbstredend kein manuskript man sieht einiges darin das ähnlich sein könnte anderes aber auch nicht später ist (dann) wieder von einer BEMÜHUNG die rede es fällt schwer das gedicht längere zeit anzusehen es fällt das wort GEWISS NUR GLEICHMÄSSIG dann SICH ZEIT SEINES ABSTRAMPE versprechend verheißend ein aufenthalt in LYPPECK (wird) erwähnt dann wiederum ANN STRAUB MAHIE und ER FUHRM ZARÜCK (zustandsgepünkel) zugesichert fsb 5 minuten über die wend (ung) FLUGA DIE ZAHN eine weitere gradation (erwähnt) im zusammenhang mit einer nötigung TALMATSCH die sehr schwierig (zu sein) scheint (weil) gleich darauf wieder (.........) auftaucht wahrscheinlich der name eines kollegen oder obmanns mit der bemerkung SICH ANGE FLUNG ZU FINA mehrere varianten des wortes FRAMINTA die meisten unkenntlich durch verbrennung es braucht eine gewisse geduld längere zeit hinzusehen so nimmt sich KNETE neben ABMÜHS monokrypt neben GEFIESEL und STRUNK (aus) in der gegend von SZENTGYÖRGYI tritt die form SCHMECH TULDA IMS DISKURSIVE (zutage) bei fogarasch hingegen musiziert es sich LEUCHTEND bei fritziTANT romunisches wird selbstredend (man habe doch NUR ERWATINGEN) in die VORBARIA eingelassen (moldau-jubilate) über ganze strecken hinweg GEFIESEL malapuntische trochäen ein wenig erinnert die zeile an span-kies WIR HABEN ABENDS IMMER KANONS so etwas prägt (sich) ein doch zur zeit (heißt es weiter) besteht noch bedarf/nötigung der zu normale übergang lappt auch semantisch es bedarf einer bemühungen längere zeit zuzusehen wie etwas sich von etwas abwendet weil es schwer fällt mehreren dingen gleichzeitig entgegenzusehen weiter unten kommt FRAMINTA beiordnend zur sprache FLUGA DER LAUF es fällt auf daß über ganze (strecken) hinweg die aufmerksamkeit nachläßt und stellenweise von einem ZICALU (...) X es böte eine GEWISSEN STRAUBE ZU FINA schwerwiegender (sind) die juxtapositionen auf ä ö und ü von KONZESSEN (transsylvanica) heißt es am rande WER BELAUBSE KÜHM es folgen korrespondenzen suggestionen freie notwendungen einmal der ausdruck AGENS TSCHULDIGENS und ein hinweis (bistrafraktur) auf eine ausschreibung einer LÖWENSTADT das gedicht schließt mit einer sozusagen leichtfüßig hinkomponierten fuge mit variationen auf die initialen einer nicht näher bezeichneten anstalt (offensichtlich inspiriert vom kanon DYMBO-VITA APA DULCE) das gedicht ist im großen und ganzen als eine bemühung zu werten schon weil das motiv wiederholt tragisch auftaucht selbst wenn das wort SCHMAGUSMYNK bloß anagrammatisch verteilt (ist) *das gedicht hat 9 zeilen 5 hauptwörter 6 zusammenhänge 3 metafern* 4 umlaute 145 buchstaben die obige beschreibung des gedichtes hat knapp 2 zeilen 7 hauptwörter 6 zusammenhänge 1 metafer (personifizierung des gedichtes durch die behauptung es habe die angeführten dinge) 2 umlaute 68 buchstaben 8 ziffern das aus der gegenüberstellung der obigen beschreibung des gedichtes und der ihr folgenden beschreibung der beschreibung entstandene und wie sie sehen immer noch entstehende erst am scheinbaren schluß zu ende seiende hier zu lesende gedichtgedicht schmachtet im turm seiner wörtlichkeit (gilt als 1 metafer) die beschreibung dieses gedichtgedichtes stellt uns vor schier unüberwindliche schwierigkeiten wenn z b von den hauptwörtern die rede ist muß das wort hauptwort bei der beschreibung ja natürlich zu den hauptwörtern gerechnet oder gezählt werden aber nicht nur einmal sondern gleich zweimal weil es nämlich nicht nur ein hauptwort ist sondern auch hauptwort lautet oder das wort metafer es ist natürlich 1 metafer wie aber rechnen wir beispielsweise die 145 buchstaben aus der obigen beschreibung des gedichtes die ihrerseits ja nur 68 buchstaben hat wie in der beschreibung der beschreibung des gedichtes zu lesen ist während der beschreibung des gedichtgedichtes bloß hinzu? sind 145 buchstaben etwa 145 buchstaben oder sind es drei ziffern und zehn buchstaben des wortes buchstaben oder sind es 145 plus 1 buchstaben also 146 buchstaben oder sind es 145 mal die zehn buchstaben des wortes buchstaben also 1450 buchstaben? oder zählt in der buchstabenzählung bei 145 buchstaben etwa gar nur das wort buchstaben als nur 1 mal buchstaben? die behauptung das gedichtgedicht schmachte im turm seiner wörtlichkeit ist also wirklich keine übertreibung über den nagel gepeilt (gilt als 1 metafer) hat das gedichtgedicht 45 zeilen 126 hauptwörter 37 zusammenhänge 15 metafern 27 umlaute 27 146 buchstaben 67 ziffern erwähnte zurechnungsschwierigkeiten legen jedoch die vermutung nahe daß die endergebnisse sich durch hinzuzählen bzw ausmultiplizieren der numerischen ergebnisse mit ihren eigenen bezugswörtern sowie durch die dadurch erforderliche verlängerung des gedichtgedichtes beliebig lange bis ins astronomische (was wieder als 1 metafer aufzufassen wäre) fortgesetzt werden könnten wenn nicht gar müßten invariabel bliebe die anzahl des zeichenpaares ( ) unter der voraussetzung daß diese anzahl nicht angeführt das zeichenpaar nicht näher benannt würden wie auch daß sein gebrauch sich in der fortsetzung des gedichtgedichtes nicht erneut als nötig erwiese *nach dem muster ICH SITZE HIER UND SCHNEIDE SPECK WER* MICH LIEB HAT HOLT MICH WEG beginnt das gedicht mit der feststellung daß jemand und zwar ausdrücklich JEMAND (I) in unmittelbarer nähe sitze da diese nähe nicht näher bestimmt wird muß es sich um die nähe des gedichtes handeln und die folgerung liegt nahe daß entweder das mit dem gedicht beschriebene papier oder dessen nächste umgebung gemeint ist die folgende wortgruppe ist pure behauptung da von einem messer überhaupt nicht die rede ist wir gehen zur nächsten wortgruppe über die besagt daß unter der voraussetzung daß JEMAND (I) von jemand und zwar ausdrücklich JEMAND (II) sympathisch gefunden wird ein kidnapping ein menschenraub eine entwendung entführung translokation oder irgend eine den genannten tätigkeiten in die nähe kommende tätigkeit ausgeführt werden soll oder mag oder könnte oder wird leider ist der einschränkende umstand recht unklar formuliert und legt die vermutung nahe daß das speck schneiden und in der nähe sitzen in irgend einer weise mit dem sympathisch finden in zusammenhang gebracht werden muß oder könnte so besehen sind mehrere lesarten möglich von denen die prägnantesten angeführt sein mögen

– JEMAND (I) sitzt in der eigenen nähe muß unentwegt speck schneiden und wartet sehnlich darauf daß JEMAND (II) ihn mittels eines gewagten coups dieser nähe entrücke wodurch auch die leidige fron behoben wäre

– JEMAND (I) sitzt ganz in der nähe von JEMAND (II) der das jedoch nicht ahnen kann weshalb JEMAND (I) den speck als köder benützt um JEMAND (II) in seine falle zu locken und nachher zu schröpfen das gerede vom sympathisch finden und vom wegholen ist bauernfängerei

– JEMAND (II) ist in der zuckerbäckereibranche tätig zudem schizofren und kontaktarm deshalb projiziert er sein wunschich in die selchereibranche und läßt es speck schneiden damit sich das zuckerbäckereiich als das bessere mit sympathie nicht geizende erweisen kann hinweis auf die fabel vom fuchs und den trauben

– JEMAND (II) sitzt in der nähe eines ihn beobachtenden publikums und schämt sich während er seine speckmahlzeit hält der auf seinen knien ausgebreiteten fettfleckigen zeitung da erblickt er in der nähe des fettigsten flecks das foto eines zur zeit berühmten schlagersängers und legt ihm kurz entschlossen die aussage über JEMAND (I) in den mund auf diese weise wird das schuldgefühl abgeschoben und objektiviert das beobachtende publikum hält den schlagersänger für den unschicklichen speckschneider und verzeiht ihm

– JEMAND (I) stellt sich unter der nähe in der er sitzt die welt im allgemeinen und unter dem speckschneiden sein leben im besonderen vor folgerichtig begreift er das wegholen als den sensenmann den schnitter oder schneider und versucht sich ihm durch den metaforischen hinweis auf die so verwandte eigene tätigkeit sympathisch zu machen

– lyrisch verfremdetes stellengesuch einer fachkraft also rollengedicht wobei speck als industriecode zu werten ist

– schlechte parodie auf fr v schillers gedicht von der glocke schneiden kann zwar als iterative tätigkeit noch angehn aber das motiv der entführung weist eher auf die sabinerinnen als auf 1789 hin

– eine speckschwarte träumt von ihrer jugend und hat erotische vorstellungen

die lesarten des zwar gelungenen aber doch ein wenig plumpen paradigmas können natürlich nicht beliebig fortgesetzt werden da der reim speck – weg die anwendungsmöglichkeiten dummerweise begrenzt

das gedicht mit der fließenden form bewegt sich wellenartig über ganze strecken hinweg taucht es im papier unter oder unter dem papier hindurch dementsprechend stößt es auch streckenweise aus dem papier empor oder über das papier hinweg kleine löcher im papier markieren den ein- bzw austritt dicke wörter hinterlassen größere löcher dünne gewöhnlich nur nadelstichgroße auch die form der löcher ist je nach querschnitt format perkussionskraft und geschwindigkeit der fließenden form verschieden der papierrand des loches jedoch aus metaforischen gründen stets blaßblau oder blaßgrün gefärbt je nachdem ob es sich um aus- bzw eintritt handelt komplizierend kommt hinzu daß die fließende form keine festen amplitüden aufweist und keinesfalls geradlinig verläuft sondern sich in kapriolen wirbeln und rösselsprungartigen schlaufen gefällt und sogar scharfem zickzack nicht abgeneigt ist genug des allgemeinen das gedicht mit der fließenden form fließt durch drei sammelbände der erste sammelband ist mäßig durchlöchert erst auf den letzten siebzig seiten häufen sich die ein- und austritte weil die hinterpappel des ersten sowie die ebenfalls zu überwindende vorderpappel des zweiten sammelbandes unverhältnismäßigen widerstand entgegensetzen und die fließende form des öfteren abprallt durch mehrere zentimeter seiten zurückweicht bis sie endlich kraftvoll durch- und geschwächt in den zweiten sammelband eintritt das gleiche gilt vom zweiten sammelband wenngleich hier die frequenz der kapriolen zugunsten der schlaufen etwas abfällt der eintritt der fließenden form in den dritten sammelband ist prunkvoll-gemäßigt die zurückbleibenden löcher sind geweitet mitunter ungestüm zerfranst bisweilen mit speckigem glanz das gedicht mit der fließenden form endet auf der letzten seite des dritten sammelbandes ziemlich abrupt ohne die zarten siebstreuungen des ersten bandes je wieder erreicht zu haben das gedicht ist so lang wie es die nachvollziehende lektüre erfordert titel des gedichtes BRUDER NIMM SIE MIT druckfehler sind auf milben zurückzuführen *das dreidimensionale gedicht ist ein unikat es befindet sich im sei-*tentrakt der nationalbibliothek zu upsala und darf nur von hochversicherten besichtigern besichtigt werden der einlaß erfolgt paarweise die besichtiger werden nebeneinander auf je eine spezialliege geschnallt und auf bioelektrochemischem wege kopuliert so daß der linke die rolle des linken und der rechte die rolle des rechten auges übernimmt nun sind beide zum gemeinsamen 3-d-erlebnis befähigt das gedicht ist an der decke des saales angebracht mit gutem grund die tiefenwirkung ist nämlich so perfekt daß alle hinter dem gedicht befindliche d h außerliterarische umwelt von der plastizität des gedichtes okkupiert verdrängt expulsiert mit einem wort in arge mitleidenschaft gezogen wird und zwar je nachdem welche tiefen die besichtiger gerade durchmessen zur schonung des weichbildes von upsala und der angrenzenden wasser- und ländereien unseres globus wurde also die erwähnte vertikallösung mit dem deckentext gefunden der luftsektor über dem seitentrakt des nationalmuseums ist selbstredend für passagierflüge ballonfahrten und bemannte raumexpeditionen gesperrt dennoch machen sich die zugegeben seltenen besichtigungen weithin bemerkbar zugvögel ändern schreiend den kurs in ziehenden wolkendecken zeigt sich oft unter schnee- und blitzablaß ein stehendes loch magnetstürme nordlichtkonvulsionen mondfinsternis oder perturbierte sonnentätigkeit sind im gefolge andererseits erwies sich das anschnallen der besichtiger praktisch als reine vernunft einmal hatte der lyrische sog den schlampig befestigten linken beobachter mit sich gerissen und verschwunden blieb er während sein nebenmann zwar auf der stelle wieder plattsichtig wurde doch mit dem schrecken davonkam der text des dreidimensionalen gedichtes ist eine kurzfassung grimmelshausenscher fragmente im aleatorischen volkston *schon im titel des gedichtes findet sich der hinweis daß das gedicht* einem NATURHAFTEN GEWIDMET in den ästen einer zirbelföhre geschrieben und nur unter freiem himmel AM MORGEN zwischen zwei und vier zu lesen bzw in seiner tragweite zu erfassen sei das gedicht hingegen besteht aus der nennung der KUPFERNEN TASCHENWAAGE und dem hinweis daß es sich bei ihr um das GESCHENK EINES NATURHAFTEN handle und ZUM ERSCHRECKEN von frühaufstehern diene die morgens zwischen zwei und vier in ästen von zirbelföhren gedichte schrieben bzw unter freiem himmel sich mit der TRAGWEITE von taschenwaagen befaßten ein vergleich zwischen titel und gedicht bringt große und kleine unterschiede ans licht die großen unterschiede führen zur gewißheit daß titel und gedicht ein und das gleiche aussagen während die kleinen unterschiede vermuten lassen das schöne bild von der kupfernen taschenwaage deute darauf hin daß zwischen titel und gedicht dennoch wägbare unterschiede bestünden anmerkung diese beschreibung erfolgte zwar in einer wenn auch imaginären zirbelföhre aber abends um halb neun auch die übrigen konditionen wurden nur andeutungsweise eingehalten so daß sich auch spätaufsteher außerstande sehen den genauen abweichungsgrad dieser beschreibung zu ermitteln *im lauftextgedicht bemüht sich ein augenschlitz der schnellfüßigen* wesentlichen katze auf die spur zu kommen ohne ihr auf den leim zu gehn andererseits hat die schnellfüßige wesentliche katze am äußersten ende ihres schweifwedels ein durchlöchertes leimtöpfchen hängen aus dem ein faden läuft ihre pfoten jedoch stecken in gleitschutzklauseln aus spurensicherem kunstfilz so daß tatsächlich die einzige spur die sie hinterläßt nichts als leim ist der augenschlitz befindet sich in einem bösen dilemma entweder er gibt auf bleibt stehn denkt nach dann kommt er ihr nie auf die spur oder er macht weiter dann kommt er ihr auf die spur geht aber auch auf den leim eine wirklich dumme situation sie ist natürlich eingebaut finte manöver der katze zögermoment denksekunde doch bis der augenschlitz draufkommt ist es immer wieder zu spät leichtfüßig und kätzisch ist die wesentliche in ihrem vorsprung um drei laufecken voraus hinter sieben zeilen versteckt oder schwupp schon unterm schluß hinweg entwischt trotzdem sollte man sich hüten durch voreiliges zuklappen des textes den augenschlitz auf etwas festzulegen er wird noch benötigt

*die kalesche der poesie wird im gleichnamigen allegoriegedicht er-*wartet ihr gegenspieler ist die muschel der welt hinzu werden verkörpert die geschichte des sinnbilds das sinnbild des gedankens der gedanke der freiheit und die freiheit der muschel ein unbekleideter wesfall irrt durch die regeln des irrens im hintergrund wird die kalesche mit eingesetzten personen eingesetzt sie naht *das faksimilegedicht gibt die telefonische einladung zu einer oster-*samstagsparty wieder d h es wird als strippe mit schlaufen gedruckt der leser ist angesprochen schon rein thematisch bewirken die schlingbewegungen die er lesend nachzieht festliche vorahnungen das fehlen gewisser querbalken umlautender zeichen und vor allem des i-punktes erweist sich als stilvoll fern jeder plumpen imitation wird hier mit grafischen mitteln der hörausfall in knackenden leitungen auch unter identitätsverlust bekannt ins künstlerische gehoben *streng genommen kommt das getöngedicht durch brechung des vä-*terlichen auges an der stimmritze zustande ein waisenknäblein sozusagen doch auch 'ne frohnatur unentwegt spielt es in einer richtung mit seiner achse wir nennen sie vorsichtshalber die zeitachse selbstredend kann das getöngedicht wann immer und immerfort aufhören dann ist es unwiederbringlich wegen solchen verhaltens können wir ihm zwar lauschen es aber uns nicht vorstellen geschweige denn beschreiben das wäre unsinn akustisch genommen zeigt sich nichts als der brechende blick wie andererseits die ablichtung des mutterorgans einen buchstäblichen unmund zeitigt das getöngedicht braucht viel liebe es geht niemandem ins auge es ist einmalig schön

mit dem gedicht EIN GLEICHES *läßt sich demonstrieren wie unzu-*mutbar es ist auf mitbestimmung der landschaftsnaturen im wandel der großen allgemeinen natur zu verzichten je widersprüchlicher die wortnaturen auf der ebene des gedichtes umso gesetzmäßiger schreitet die poesie voran im bergsee widerspiegelt sich der kampf der paare und es ist faszinierend wie fremd erstarrt die formationen doch sanft entartet ihrem inhalt nachhinken der wiederum ist unerfüllt und als die große allgemeine zwar geordnet aber noch im werden folglich auch ungeordnet und eines sinns bedürftig denkbar denn die naturnatur ist deshalb ihrer zeit voraus damit sie im bergsee die schöne metafer der SEHNSUCHT erfinde deren wortnatur die wolke widerspiegle als notwendige entbehrung als entbehrliche notwendigkeit so wahrhaft zwingend stellt sich im gedicht die frage der mitbestimmung so zwanghaft wörtlich läßt sich im gedicht EIN GLEICHES die unzumutbarkeit eines verzichtes demonstrieren so natürlich ist der gedanke von der natürlichkeit der natur *mit mir kann man sich nicht unterhalten heißt es im konversa-*tionsgedicht denn so wird ausgeführt ich habe keine gewähr nichts zwingendes an mir daß du mir antwort ständest nein heißt es weiter ich freilich lasse mit mir reden das liegt an der beschaffenheit der sache ja ja traurig ist es heißt es um den dialog bestellt so heißt es glauben wir durch eingeständnisse das thema in den griff zu kriegen so scheint es heißt es verliert es sich in konversation

*das gänse-akazien-gedicht ist fertig es ist so fertig wie nur das gänse-*akazien-gedicht denn es kommt aus kleinbetschkerek das stimmt zwar tatsächlich doch wird die begründung es komme aus kleinbetschkerek glaubhaft nicht weil sie stimmt sondern weil sie den beweis erbringt des beweises bedarf es tatsächlich doch nicht weil es unglaubhaft wäre das gänse-akazien-gedicht sei nicht fertig nein sondern im gegenteil weil es so fertig ist daß es aus kleinbetschkerek kommt

im wolframgedicht verteidigt sich ein löwenzahn gegen einen anderen sich verteidigenden löwenzahn auf den ersten blick scheint mein gedicht also eine fabel zu sein aber sehen wir doch genauer hin sagt der eine löwenzahn da muß ich entschieden widersprechen sagt der andere löwenzahn mein gedicht ist durchaus eine fabel auch auf den zweiten blick wir bewegen uns im kreis sagt der eine löwenzahn und folglich ist mein gedicht letzten endes keine fabel sei doch froh daß mein gedicht eine fabel ist sagt der andere löwenzahn wie könnte ich dir sonst erklären wie wurschtegal es ist ob mein gedicht eine fabel ist oder keine fabel ist wenn es nur eine fabel ist du sagst es sagt der eine löwenzahn mein gedicht ist der typische fall von arbeitsteilung und alles andere als eine fabel daß ich nicht lache lacht der andere löwenzahn haha das ist es ja gerade mein gedicht ist so sehr fabel daß es mir wurschtegal ist welche arbeit mir dabei zufällt zahn um zahn meint der eine löwe durchaus nicht meint der andere zahn löwe um löwe die bezeichnung WOLFRAMGEDICHT ist irreführend vermutlich ein hinweis auf not und tugend in verteidigungsreden *während in der ersten zeile* DAS HÜNDCHEN *seinem herrn beim er-*trinken beisteht ist in der zweiten zeile keine rettung mehr möglich in der dritten zeile wächst die verzweiflung während schon hilfe in der vierten zeile naht das gedicht veranschaulicht DIE TREUE während sein titel SCHON zeitloses deutet *das kassibergedicht beginnt am vormittag und endet im streit unter* dem vorwand niemand sei eigentlich dazu verpflichtet liest es sich munter drauflos bis der strukturzwang beginnt künstliche inhibitionen stärken nun das hauptargument es gebe zwar offensichtlich zu versuche aber unterzujubeln was dauerzuständen abträglich sei was denn natürlich nur zeitmangel dann geht es weiter mit lückenbuße das sind zum großteil nebenbelange aber auch kausale anschlüsse und eine verdächtige vorliebe für pluralbildungen hat erst die gnomik überhand fällt bald der satzbau ins grüne kurze lößwanderung durch abgespaltene allusionszonen barockes gewusel vielleicht wasserdicht aber doch eher simulacrum so besehen dauert es weniger lang als man glaubte *zunächst schläft ein fürwort und ein anderes fürwort fragt sich* warum das erste fürwort eine eigenschaft habe dann fährt draußen ein dingwort vorbei und ein weiteres fürwort seufzt einen zahlbegriff und gleich darauf ein dingwort das kein ding ist sondern eine zeit später behauptet ein fürwort ein weniger genaues fürwort schlafe ein dingwort klopft und ein dingwort das aber kein ding ist sondern ein zustand erwacht dann fragt ein fürwort welches fürwort denn eine eigenschaft im komparativ habe ein fürwort schläft das gleiche fürwort träumt ein adverb und daß es in einem anderen fürwort ein dingwort bewirke das zudem auch der titel des gedichtes vom schlafenden fürwort sei *im pop seiens gedicht wird der blumentopf hinter der fahnenstange* sichtbar wenn man das gedicht schief hält hierauf zerstampft man das gedicht in einem mörser und sagt wenn man den mörser ausleert ah lauter kleine fahnenstangen hinter lauter kleinen blumentöpfen auf lauter schief gehaltenen gedichtchen oh wie erregend hollografesk *das geburtstagsgedicht ist eine klausel im testimonium des schweren* wassers auf eine felswand zum trocknen gelegt rollt sich das geburtstagsgedicht von allen seiten ein heil heil das mädchen heiratet die zeichen häufen sich auf privaten dingen wachsen klorofillflecken und angesengtes bedeutsam der löwenzahme diptam spurt über gneis aus der froschperspektive ist das okkasionsgedicht vom geburtstag im goetheschen sinn zugleich ein wiegenlied für eingefrorene enkel auch schenkel genannt *durch lautmalerische effekte spitzt sich die erste zeile des gedichtes* immer mehr zi das gedicht hat fünfundzwanzig zeilen durch allmähliche verjüngung der zeilen spitzt im gedicht sich die ritmik zi das gedicht benützt kindir-lidir und fremdwirtir das gedicht endit mit IGITTI/FIGGI/NI pfiffig witzig spritzig treibt das gedicht verschiedene verhaltensweisen auf die spitze spießt sie auf und führt sie ad absirdim das gedicht trägt den titel AU WO WUL AST MOR EUM EBIND und ist äußerst bestechind

DER WITZEKEL ist vom standpunkt der kürze ein kurzes gedicht nimmt man die übersetzbarkeit in andere sprachen als wertmesser so ist der WITZEKEL positiv bewertbar ekelmäßig ist der WITZEKEL gar nicht witzig witzbezogen jedoch nicht ganz so eklig wie witzhaft viel mehr ist über DER WITZEKEL nicht zu sagen höchstens mit einem seitenblick auf die erschütterungslehre daß DER WITZEKEL von der natur der sache schön gebeutelt wird *die erste zeile beschreibt das wort* SOCKE *ohne es zu gebrauchen die* zweite zeile gebraucht das wort HEFTIGST ohne es zu beschreiben die dritte zeile beschreibt die beschreibung eines schnupfenmittels ohne den namen des fabrikates zu nennen die vierte zeile gebraucht das dem namen des fabrikates sehr ähnliche wort CIRCUMSPECT die fünfte die sechste die siebente und die achte zeile beschreiben ein diffuses gefühl indem sie die einzelwörter des compositums der vierten zeile also CIRCUM und SPECT durch mehrere sehr ähnliche wörter wie ZIRKUS RÄCHERSPECK AKT CURRICULUM VITAE DREHWURM SPUCKE KONSUM RAUHBEIN SCHÜRFE und noch andere ersetzen die neunte zeile gebraucht das der natur nachempfundene wort PXTSCHIIIII- ohne es zu beschreiben die zehnte zeile gebraucht kein wort beschreibt also eine pause die sich aber nach einblick in die elfte und letzte zeile des gedichtes rückwirkend als vorwegnahme des weder beschriebenen noch gebrauchten wortes KATARSTROF erweist die elfte und letzte zeile beschreibt und gebraucht weiter nichts als das suffix -ÖS allerdings mit imperativer klangtreue das gedicht ist ein typisches warngedicht s hildebranzlied

IM TROJANISCHEN PFERD ist ein gedicht mit zwei anfängen einem mittelteil und zwei schlüssen es sähe wie ein x aus aber IM TROJANISCHEN PFERD ist eine große dunkle vertrackt-heit und außerdem gibt es dunkle einzelstellen einen sin-genden maulwurf ein pfeifendes schlüsselbein und streu-nende genitivobjekte hinzu kommt die zeitachse auf der das gedicht sitzt und gedreht werden kann doch darum küm-mert es sich nicht denn es heißt IM TROJANISCHEN PFERD und nicht das trojanische pferd *das fröstelgedicht fröstelt bei der vorstellung es bestünde aus einem* sprachvorgang der behaupten könne es habe sich in ihm ein denkvorgang dermaßen verselbständigt daß er in seinem sprachvorgang bei der vorstellung zu frösteln fröstele das fröstelgedicht ist töricht daß es so was denkt denn wie kann man schon bei der vorstellung zu frösteln frösteln

das fahrstuhlgedicht besteht aus einem stück packpapier es wird dreimal geknickt einmal geklebt und mit der schere an beiden enden geschnipselt der erkenntniswert der herstellung ist klein im vergleich zu jenem des umgangs der ja im fahrstuhl erfolgt dazu werden noch ein stück bindfaden ein feldstecher und 1-2 zeugen benötigt ist der fahrstuhl in fahrt so sind auch das stück packpapier das stück bindfaden der feldstecher und die 1-2 zeugen in fahrt auf diese weise geht nichts verloren im gegenteil außenstehende gewinnen den eindruck einer kunstidee während die zeugen bestätigen daß VON KEINEM DRACHEN die rede sei *weil das interviewgedicht selbstverständlich kein interview ist defi-*niert es sich negativ nicht wahr mit anderen worten weil es gewissermaßen sich negativ definiert ist das interviewgedicht auch kein interview jawohl wie aber steht es im interviewgedicht mit frage und antwort bestens bestens wenn auch mit einschränkungen zitiert das interviewgedicht ich zitiere und wie geht es weiter mit antwort und frage erwidert eine erwiderung einer nun erwiderten erwiderung ehemäßig gingo biloba das interviewgedicht besitzt keine interpunktion dafür schöpferische pausen und erfreut den fragenden leser mit anderen worten *auf dem ersten stuhl sitzt das gedicht und liest zeitung auf dem* zweiten stuhl sitzt der verfasser und knobelt auf dem dritten stuhl sitzt die freizeit und gestaltet eine person auf dem fünften stuhl sitzt der gesprächspartner und nippt auf dem sechsten stuhl sitzt der flattergeist und schöpft auf dem siebenten stuhl sitzt das konzept und korrigiert fahnen auf dem achten stuhl sitzt niemand und blickt drein auf dem neunten stuhl sitzt der zehnte stuhl auf dem zehnten stuhl sitzt noch eine person und führt ein gespräch auf dem elften stuhl sitzt noch ein gedicht und korrigiert konzepte auf dem zwölften gedicht sitzt der leser die zwölf stühle sind ein filmgedicht mit dem untertitel COLLOPHONIUM

aber ach wo beginnt das lochgedicht es beginnt nicht aber ach wor-
aus besteht es es besteht nicht ach aber wie ist es beschaffen
das lochgedicht ist sehr einfach beschaffen und womit wird
es bedient nun im erweiterten sinne mit poesie

nun wird das traumgedicht weder im traum des verfassers oder des lesers oder anderer personen verfaßt oder gelesen oder anders gehandhabt noch befaßt es sich mit einem traum des verfassers oder des lesers oder anderer personen noch träumt es sich selber oder den verfasser oder den leser oder andere personen nein von traumhaften zuständen oder beziehungen oder anderen folgen ist im traumgedicht nicht die rede auch entbehrt es jeglichen gleichnisses und aller charakterforschung es ahnt nichts voraus es deutet nicht tief es ist nicht geschachtelt wie kommt das das kommt daher weil im traumgedicht alles möglich ist und negationen keine folgen haben

wenn das fest um vier beginnt beginnt der höhepunkt um sechs

wenn das gedicht mit dem fest beginnt beginnt der höhepunkt mit dem schluß wenn der schluß um sechs beginnt beginnt das fest mit dem höhepunkt wenn der höhepunkt mit dem schluß beginnt beginnt der schluß mit dem gedicht wenn der schluß mit dem fest beginnt beginnt das gedicht mit dem höhepunkt wenn um sechs das gedicht beginnt beginnt das gedicht um vier wenn der höhepunkt beginnt beginnt das gedicht mit dem schluß wenn das gedicht beginnt beginnt der schluß *vom stellenwert einer sache sprechen abwechselnd das* WERTGEDICHT und das PREISGEDICHT in loser folge etwa wie hafis und suleika aus berufenem munde erfahren wir daß dem stellenwert einer sache grenzen gesetzt sind sowohl wie das wertgedicht darlegt von der allgemeinen als auch so folgert das preisgedicht von der speziellen seite her historisch gesehen gibt sich das preisgedicht konkret und ephemer während das wertgedicht metaphysisch fächelt der diwan ad hoc vereinigt beide seiten einer sache deren stellenwert somit kontradiktorisch recht offen erscheint unterm fenster schlägt bülbül für timur *das schlüsselgedicht wird ehestens dann bemerkt wenn es verloren* ging das geschieht meistens im sommer weil im sommer die meisten menschen spazieren gehen andererseits kann das verloren gegangene schlüsselgedicht wieder gefunden werden dann ist es winter so schließt sich der ring wir unterscheiden am schlüsselgedicht den träger vom bart und den bart vom träger man kann auch drauf pfeifen *ebensogut könnte man z b aus dem TÜRKENGEDICHT einen AEROPLAN* machen und umgekehrt die möglichkeit solcher transformationen liegt weniger auf der namensebene als eher an der materialbeschaffenheit auch in diesem fall ist es einfach man faltet das türkengedicht nach dem faltmuster eines aeroplans und erhält einen zugegeben recht einfachen aber doch fliegefähigen aeroplan ähnlich verfährt man mit anderen beispielen faltmuster sind überall erhältlich und lassen sich im notfall in heimarbeit ertüfteln wie aber nun der umgekehrte weg d h wie mache ich aus einem AEROPLAN das TÜRKENGEDICHT schwierig schwierig schwierig doch nur auf den ersten blick auf den zweiten tut sich der ausweg auf der zwar ein umweg ist aber ein universeller man nehme einen echten aeroplan etwa aus dem museum für aeronautik und verfertige ein naturgetreues gedicht von ihm also im grunde das aeroplangedicht dieses falte man nun aber nicht nach dem faltmuster eines aeroplans sondern nach dem eines türken von diesem türken erstelle man ein naturgetreues gedicht also das türkengedicht und rufe kataif was auf türkisch vielleicht heureka bedeutet die an sich elegante ausweg-umweg-methode hat einen haken macht man sich an die aufgabe aus einem APFEL ein APFELGEDICHT zu machen so gelangt man unweigerlich an einen toten punkt dort nämlich wo man das als hilfskonstruktion erstellte naturgetreue apfelgedicht nun nicht nach dem faltmuster eines apfels sondern nach dem eines apfels zu falten hat das ist widersinnig und unmöglich folglich büßt die ganze methode an universalität ein schade wahrscheinlich ein fehler in ihrem faltmuster *das gedicht beginnt merkwürdigerweise mit der letzten zeile in dieser* zeile wird behauptet daß diese zeile die letzte zeile des gedichtes sei weil das gedicht aber mit dieser zeile beginnt ist die behauptung dieser zeile nicht ernst oder nicht wörtlich zu nehmen da in einem gedicht aber jede behauptung ernst oder wörtlich zu nehmen ist ist das gedicht entweder kein gedicht oder die behauptung muß ernst oder wörtlich genommen werden das gedicht ist aber ein vorbildliches gedicht es hat nur die eine zeile sein titel EINSAME LANDSCHAFT

Höricht
Sechzig Übertragungen
aus einem Frequenzbereich

Das nicht einzuordnende Höricht hatte sich so grundlegend von der Akustik gelöst, daß es durch und durch einem Original-Rettich mit eingebauter Kritik geähnelt hätte, hätten wir es überhaupt vernommen. Diese Behauptung ist nicht aus der Luft gegriffen, denn wir hörten da von Leuten die davon läuten hörten, daß auch aus dem Agrarbereich ein Novum ruchbar wurde, und zwar ein nicht einzuordnender Rettich, der sich so grundlegend vom Sozialprodukt gelöst hatte, daß er durch und durch einem Original-Höricht mit eingebauter Kritik geähnelt hätte, hätten wir ihn überhaupt gekriegt.

Bitte nehmen Sie von dieser Durchsage den Ihnen entsprechenden Abstand; multiplizieren Sie diesen wahlweise mit folgenden Preisen: erstens drei ungelebte Leben, zweitens zwei ungelebte Leben, drittens ein ungelebtes Leben. Damit erheben Sie nun einen Ihnen angemessenen Glaubenssatz zum Dreieck und erhalten die Ihnen zustehende Würde. Wenn Sie uns diese in den ersten drei Wochen nach dem Empfang auf einer Postkarte zuschicken, nehmen Sie an der Life-Übertragung der Reihe *Jedem das Seine* teil und erhalten ein Los, das Sie zum Verzicht auf die Ziehung berechtigt. Vergessen Sie nicht, für welchen Preis Sie sich entschieden haben. Er winkt.

Das HiFi-Höricht ist äußerst fein gesponnen. Der Hörer vernimmt das Geräusch, das sein Ohr beim Hören von Geräuschen macht, die sein Rundfunkempfänger beim Hervorbringen von Geräuschen macht, die der das HiFi-Höricht sendende Sender beim Senden von Geräuschen macht, die das zu diesem Zwecke abgespielte Tonband beim Abspielen von Geräuschen macht, die das Mikrophon beim Aufnehmen von Geräuschen macht, die das Ohr der aufgenommenen Person beim Hören von Geräuschen macht, die eine große Windstille beim Verschlucken kleiner Windstillen macht.

Erster Satz: Die Wut über den verlorenen Groschen manifestiert sich auf einer Sinnesebene, die keine Wut kennt. Zweiter Satz: Wir alle kennen den Musterfall des durch den Fleischwolf gedrehten Feriengastes, der, um das mit ihm betriebene Spiel nicht zu verderben, sich vorerst taub stellte, aber unsere Gänsehaut kennt solche Grenzen nicht. Dritter Satz: Hinzu kommt der Bericht über den gevierteilten bethlehemitischen Kindermord mit der Begründung, das Risiko eines einzigen Fluges sei zu groß gewesen, ein glaubwürdiger Versicherungsvorgang, zumal das Gemälde sich nachher zusammensetzt. Vierter Satz: Abgerundet wirkt auch die Straßenschlacht jenes Jahrhunderts, dem das Brigantendorf die leise Wehmut des Namens Rombola verdankt; Hammer, Amboß und Steigbügel. Coda: Ja, nun überlagern sich verschiedene Semaphoren auf einer Ebene, die kein Pardon kennt. Die Trauer über die verlorene Gänsehaut kennt keine Grenzen. Das Risiko einer einzigen Herausstellung sei zu groß, man verteile es auf das Geschlecht der Rombolas. Ein glaubwürdiger Fleischwolf, zumal das Jahrhundert sich nachher zusammensetzt.

Nun geht es ja wirklich nicht darum, Majestät, aus einer Sache mit Hilfe einer Sache eine Sache zu machen, die doch immer nur eine mit Hilfe einer Sache aus einer Sache gemachte Sache wäre. Nein. Es geht auch nicht darum, mit Hilfe einer Sache aus einer Sache eine Sache so zu machen, daß das Machen dieser Sache die Sache wäre. Im Gegenteil. Es geht doch meinerseel darum, mit Hilfe und aus einer Sache die Sache zu machen, die nur mit Hilfe dieser und aus dieser Sache heraus die Sache wäre, um die es ginge, wenn es Majestät nicht darum ginge, daraus eine Seele zu machen.

Das von der Firma Pfeifton angebotene Hörspiel eignet sich für Kinder und Erwachsene von 8 bis 80, die Geselligkeit lieben, und wird auf Wunsch auch in Tropenausführung geliefert. Es besteht aus einem Set attraktiv gestalteter Stimmgabeln und Kunstohren. Jeder Spieler erhält eine Stimmgabel und ein Paar Kunstohren. Die Besonderheit des von der Firma Pfeifton angebotenen Hörspiels besteht nun darin, daß es rückläufig d. h. vom Ende bis zum Anfang gespielt wird. Der Gewinner beginnt. Durch Umkehrung einer gewinnenden Geste entlockt er seinen Kunstohren jenen Ton, den sie zu hören gewohnt sind, und schanzt ihn jenem Mitspieler zu, dessen Stimmgabel gewohnt ist, ihn hervorzubringen. Der weitere Verlauf ist analog. Außerdem gibt es eine auf der Innenseite der Pappschachtel angebrachte Gebrauchsanweisung mit den landläufigsten Zusatzregeln, die selbstredend historisch konkret zu beachten sind, sowie andere Extras für Sonderfälle wie Tontauben, Hackwölfe, Autismen zum Würfeln, eine Tube Alleskleber und einen platinveredelten Sarotti-Mohr, der abwechselnd als Joker, als Ersatzspieler und als Hilfsleidenschaft eingesetzt werden kann. Das Hörspiel wird so lange gespielt, bis alle Zwischengewinner ausgeschieden sind und der letzte Spieler, also der Verlierer, den ursprünglichen Zustand der Chancengleichheit gewonnen hat. Er darf die Kunstohren und die Stimmgabel behalten. Auf diese Weise ist das Spiel nach einer gewissen Anzahl von Spielen erschöpft bzw. der weitere Umsatz der Firma Pfeifton gesichert.

Die Abtrünnige Sophie grollt im Kontrollturm. Wieder hat das Rundbild, das schiefmäulige, sie gefoppt. Sie hockt episch herum, kaut Kleister und verursacht leuchtende Zuckungen im Kadergeist, der auf ihren Kniescheiben, also in doppelter Ausführung, blüht. Zwischendurch spielt sie versunken mit der Gräte eines durch Katastrophe aus dem Verkehr gezogenen Vogels. Ob durchs Fett, das der Äther ansetzte, ihr parabolischer Halbbruder durchkommt? Ein Hauch umkurvt sie. Oh, es ist nur das ahnende Blasphem des Hauses und besagt, daß über der Küste von Holland noch ein rechteckiger Kasten frei ist, die schwarze Hintertür, gewiß, gewiß. Sophie die schiefgläubige bietet sich auf im Grollturm, aber was weiß sie von Radargeschichten? Den Knall nach innen, Handwerker trugen ihn, kein Hörer hat ihn begleitet.

Also »eine Erfindung das Reden betreffend«. Nein, wende ich ein, eher sich so verhalten, als sei die Erfindung eine zur Unzeit erworbene Übung, die besser im Panzerschrank wäre. Fernab jeder Kasuistik ist das Gerede von einer Erfindung das Reden betreffend jene Form des Tätigwerdens, die wir mit Blau anzeichnen wollen. Man räumt ja nach wie vor Lufterschütterungen wie diesen eine hochbrisante Etagenbauküche ein, »doch um den Übergang der Atmung kümmern wir uns nicht«. Oh oh ihr logischen Subjekte! Es scheint wirklich einleuchtend zu sein, daß eine Erfindung sich so einleuchtet, als sei sie eine zur Unzeit erworbene Übung das Schwimmen betreffend, das wir mit Blau anzeichnen wollen, oder das fremde Verhalten, das Dasein betreffend, eines Eis-Eies in einem kochenden Alaska-Huhn, das wir mit jener Erfindung das Reden betreffend anzeichnen wollen.

Ach, sie ist wieder keine Person, ach und wieder bedient sie sich der Trauer, die listenreiche O-Diseuse. Jene Trauer des Schuhkartons, sagt sie, ist die Trauer eines feinverschnürten, also vorweggenommenen Geh-Aktes, eine glatte Chance für jene Possenreißer, Redegänger oder Gehredner, ein peripatetisches Tohki-Wohki auf Melonenschalen, ein Watschel-Vorgang auf dem Dach der Würstelbude. Alles Umschreibungen, schnieft sie geschmäcklerisch, die viel zu großen Latschen und auch der silberne Zeppelin auf den Schnappschüssen alter Frühaufsteher. Wie er sich in den Himmel ihrer Aufsatzlehrer schiebt. Teleogengasgefüllt. Meine Trauer, oder was es auch sei, über Tschaplins viel zu große Herausstellung, oder was es auch sei, ist eine Schnur für mehrere Knoten und einen Balance-Akt, aber das nuschelt sie nur.

*Der hellblaue Wellenrettich erinnert von fern an eine pompejani*sche Totenmaske, von nahe hört er auf den königlichen Namen Spitzbub. Infolgedessen führt er ein mehrfaches, in breite Schwefelrahmen gepreßtes Dasein. Hippokratisch und von Unrast gezeichnet entfliegt er, ist er schon lange entflogen, würde er sich auch ganz absentieren, aber wir mögen ihn unheimlich. Er war so anhänglich. So beständig. So indispensabel. Der Sonnenschein unserer Planspiele, der große Kluge, das triadische Wiederholungsmodul einmaligster Hautverschiebungen. Wie konnte er nur, weshalb, frage ich, tat er uns das an?

»Die falsche Forelle« ist ein Höricht für Quadrophonie und wendet sich auch nur an vieröhrige Hörer. Zu Beginn singt die falsche Forelle ein richtiges Lied. Hierauf singt ein richtiger Wanderer ein falsches Lied. Hierauf erfolgt ein Protest gegen das richtige Lied der falschen Forelle von der falschen Seite. Hierauf erfolgt ein Lob für das falsche Lied des richtigen Wanderers, aber von der richtigen Seite. Hierauf wechseln die Forelle und der Wanderer ihr Lied, singen es aber von der falschen Seite. Der hierauf einsetzende falsche Protest gegen die Falschseitigkeit der Lieder kommt zwar von der richtigen Seite, verwechselt aber die Lieder, während das hierauf sofort einsetzende Lob für den falschen Protest zwar von der richtigen Seite erfolgt aber falsch ankommt. Hierauf singen die Forelle und der Wanderer gemeinsam »die Gedanken sind frei«, tun das aber mit vertauschten Rollen, so daß der hierauf einsetzende Protest von dem gleichzeitig einsetzenden Lob nicht zu trennen ist. Hierauf werden ein falscher Wanderer und eine richtige Forelle mit je einem Liedchen eingeführt, und die Quadrophonie feiert weitere Triumphe von allen Seiten.

In der Erinnerung an eine Störung im Höricht taucht der Name einer unwichtigen Stadt auf. Es stellt sich heraus, daß es die Stadt ist, in der ein zeitgenössisches Amt damit beauftragt ist, gewissen Störungen im Erinnerungsbereich nachzugehen. Unwichtig ist die Stadt deshalb, weil es solche Ämter auch in anderen Städten gibt. Allerdings tragen die nicht den Namen dieser Stadt, und eben dieser Name ist es, der in der Erinnerung an eine Störung im Höricht störend auftaucht. Andererseits ist das Amt dieser Stadt zeitgenössisch, das heißt es kommt und geht wie gewisse Erinnerungen im Störbereich, dem es nachgeht. Die Verbindung zum Höricht existiert unabhängig vom doch nur durch den Amtsbereich, so wie die Störung im Höricht zwar die Erinnerung auslöst, in welcher der Name der unwichtigen Stadt auftaucht, aber ebenso in ihr, der Erinnerung, jene Störung verursacht und bewirkt, die zeitgenössisch ist, also in den Erinnerungsbereich des Amtes jener Stadt fällt, deren Name unwichtig ist. Unter dem Höricht an sich hätten wir uns dann einen wichtigen unzeitgenössischen Vorgang vorzustellen, obgleich erst seine Störung Nennenswertes auslöst.

*Wie der in Zilbenschnelle die Sekunden wechselt, wie der die Gaf*feln biebt! Im Bandumdrehn hat er die Köpfe vertauscht, keiner merkt ein Sterbenswort, er fährt ab. Dann fuhr er auf vier Spuren weiter, und breiter, immer auf ihnen. Man wird noch im Weghören die abnehmende Treue nicht missen, man wird sie ihm abnehmen, notgedrungen, noch im Weghören. Es war ein Tauschwert, der dem die Abfuhr erteilte, löffelweise, mit dem Handmaß derer Schlingerlinge! Keiner überschnitt, niemals, das Rasenfelsch, die vier Randmarken, so sehr wir uns mythen, schoren und strippten, so kummerlich, ach, Tour de Vie, deux centimes: Feste, wie? Wie hätte sie testen, wo er den Result vermoppeln, wem was hinbiegen wo? Die Hölle war schweller als er. Kein Scherbens Port. Vier Gabeln Spur. Die Tonabnahme.

Die Lippenblütler sind frei sich vermehrende Axiome. Sie erwachsen einem Dativ, der sie den Nachtschatten, den lauchölhaltigen Liliazeen, den Kurkubitazeen und anderen Dativen zur Fühlungnahme vorführt. Sie führen also ein beträchtliches Dasein in Wiesen, Wasen und Wusen, sind sich Partner im Schnäbeln und Schürzen, im Drittabschlag und anderen Zirbel- und Kerbelkonfigurationen, ein Verhalten, das sie der grundsätzlich von Grundsätzen freien freien Natur entgegenbringen. Wenn aber das Gaumensegel flattert, beweisen die frei sich vermehrenden Axiome, die Lippenblütler also, eine Art Haftung nach innen und außen, vornehmlich an den Dativ, dem sie erwachsen, doch auch an die übrigen Dative, denen jener sie vorführt: Dann verfängt sich der Nachtwind und bildet ontologische Schlaufen. So sind die Lippenblütler tragisch umwittert und Irrtümern verhaftet. Sie wappnen sich, meistens vergeblich, dagegen indem sie schwärmen.

Es war zweimal morgen. Es war zweimal anders als es morgen gewesen wäre. Zweimal schrieen die Vögel nicht, das einemal mühelos, das andere ohne Rücksicht auf Verluste. Es ist so schwer, um drei Uhr morgens das Geschrei der Vögel mühelos und ohne Rücksicht auf Verluste zu hören. Nicht anders ging es uns damals zweimal, morgen und morgen, jedesmal zweimal.

*Das Aufhören im Wort ist ein langsamer Vorgang, der erst von sei*nem Ende her, also lieblos, anfällt. Dann sehen wir, wie die Zerstückung einer Mondscheibe an die Zerstückung eines Daches fällt, aber das schleifende Geräusch, das wir uns vorstellen, weil es das Aufhören im Wort hervorruft und nicht in unserer Vorstellung, hören wir nicht, wie es aufhört, noch den Staub, den es wirbelt, wie er unerfahren zurückfließt, noch den Rand, wie er glost, weil ein Brennglas ihn schiebt. Von seinem Ende her betrachtet, ist das Aufhören im Wort ein schmerzloser Abgang vom Abschied des Haltens, also ein wortloser Zustand, der aufhört, weil mit dem Wort das, was im Wort das langsame Aufhören hervorruft, anzufallen aufgehört hat.

Von Drittpersonen geborgte Instrumente haben im Gebrauch durch Zweitpersonen eine Sperrfrist überflogen, die ich nicht umhin kann, Erstpersonen wie einen Bannstrahl vorzuhalten. Borg mir bitte einen Bannstrahl oder ein paar Zehen, wir haben sie nötig, sie haben sie nötig. Das Warnbild der Erstperson borgt dem Warnbild der Zweitperson das Warnbild der Drittperson, sie überfliegen euch, ihr überfliegt uns, wir überfliegen geborgte Sperrfristen mit Drittinstrumenten, die ich nicht umhin kann, euch mit Hilfe von Zweitinstrumenten wie einen Bannstrahl vorzuhalten, erste Einsamkeit, zweite Einsamkeit, dritte Einsamkeit, borgt mir bitte ein paar Zehen, du hast es nötig. Wir überfliegen die Grammatik der Einsamkeit, das Gebiet ist durch Warnbilder gesichert. Im Gebrauch durch geborgte Personen haben unsere Instrumente keine Angst, nein auch Drittpersonen brauchen sich nicht zu fürchten, die Einsamkeit ist nur ein Instrument, wir haben euch nötig, wir können nicht umhin, ich borge mich mir, es ist der Bannstrahl des Warnbilds, ein Instrument eines Instrumentes oder ein paar Zehen einer Grammatik.

Der Fangfänger kardinalt bereits wieder durch Busch und Wald. Er schreitet voran, so geht die Geschichte, den Wildgeschmack auf der Zunge, sinnlich umgürtet, ein Fiepen im Ohr, Elastizität im Sehnenbereich, gezückten Auges und oleofaktisch, kurzum, kurzum. Wer ihm einmal begegnet, der holt ihn nicht ein. Ein zweites Mal begegnet ihm keiner. Bloß auf Schnappschüssen, die hin und wieder Schwammerl suchenden Journalisten durch Spazierstock oder Krempenklappe glücken, öffnet der Fangfänger ein zugiges Maul, das andere mampft funkelnd, melodisch polaroid. Aus fernen Klüften ein Echo: Ka-hü, ka-hü.

Zwölf Stimmen geleiten das Mikrophon auf den Lärmstuhl. Sie halten ihm den Kehlkopf vor. Das Mikrophon schweigt. Der Kehlkopf überträgt den letzten Wunsch, der Lärmstuhl bricht ihn, die Exekution findet statt. Die Außenwelt, nicht zugelassen doch über Transmission dabei, vernimmt das letzte Röcheln des Mikrophons, nein des Kehlkopfs, nein ihres lauschenden Ohres. Der Lärmstuhl verdaut. Die zwölf Stimmen verlesen die Urteilsbegründung. Das Gerichtete habe durch seine Entwicklung zum Lärmstuhl ein gefährliches Werkzeug geliefert, was dieses Ende schon deutlich beweise. Überdies komme der unterdrückte Kehlkopf zu seinem Recht. Hier spricht der Kehlkopf seinen Dank aus, die Transmission ist perfekt, und improvisiert eine Arie aus Aida, während, was ebenfalls zu hören ist, die Überreste des Mikrophons beseitigt werden und man den Lärmstuhl zum Abschluß noch einmal betriebsfertig präsentiert. Nach der Übertragung vom Tatort ist die Außenwelt zwar zugelassen, aber nicht mehr dabei.

*Am 15. des Monats strahlt der Sender sein Höricht »Rondom-*Dior« aus. Es beginnt um Nulluhrfünf und endet um Dreiundzwanziguhrfünfundfünfzig, erinnert also an ganze Tage in den Zweigen ganzer Zweige, besteht jedoch aus üblich anmutenden Sendungen, die ihrerseits wieder aus Grundgeräuschen und abgetönten Accessoires bestehen. Auch ein kleines spezielles Höricht ist hautnah eingespart. Wie man merkt, wird dem Hörer ein anmutend übliches Tagesmodell vorgeführt, und zwar das des 15. des Monats, mit dem feinen Unterschied, daß die fünf Minuten von Nulluhr bis Nulluhrfünf dazu dienen, statt der üblichen Pausenzeichen stilgerechte Anführungszeichen zu senden. Entsprechend beschließen von Dreiundzwanziguhrfünfundfünfzig bis Vierundzwanziguhr ebensolche, nur umgekehrte, Gänsefüßchen die Präsentation. Auf diese Weise erfährt der Hörer, daß »Rondom-Dior« ihm blüht bzw. eben noch geblüht hat. Zwischendurch sich einschaltende, nichts ahnende Hörer werden dadurch entschädigt, daß sie vorurteilslos partizipieren ... »Rondom-Dior« hat aber auch Folgen. Am 16. des Monats strahlt es ein anderer Sender aus, selbstredend im Rahmen seines Programms vom 16. des Monats. Am 17. wieder ein anderer, und reihum so fort. Die Nation besitzt ganze Zweige, doch nur einunddreißig Sender. Hat der Monat des Hörichts, der zyklisch und in verschieden belaubten Jahreszeiten zum allumfassenden und täglich neuen Thema »Rondom-Dior« veranstaltet wird, nur dreißig oder in besonderen Fällen neunundzwanzig oder achtundzwanzig Tage, so strahlt der überzählige Sender bzw. strahlen die überzähligen Sender an diesem fehlenden Tag bzw. an diesen fehlenden Tagen rund um die Uhr Gänsefüßchen aus.

Ich hör etwas was du nicht hörst. Du hörst einiges was ich hör, aber nicht was du nicht hörst. Auch du hörst etwas was ich nicht hör, auch ich hör einiges was du hörst, aber nicht was ich nicht hör. Wir hören beide etwas was wir beide nicht hören, wir hören beide einiges was wir hören, aber nicht was wir nicht hören. Wir hören beide den Irrtum in der Behauptung, wir hörten beide etwas was wir nicht hören usw. Ich höre den Irrtum den du nicht hörst, du hörst den Irrtum den ich nicht hör, wir hören beide den Irrtum den wir beide nicht hören.

Der hellblaue Wellenrettich sitzt auf dem Rettichberg und simuliert einen hellblauen Wellenrettich. Tatsächlich ist er ein Sanierungsprojekt für bestimmte Anbaubereiche. Verschämt heben die Ährenleserinnen des Tales von Milet ihre wasserklaren Augen zum Haubensaum und zischeln »Ah Sie Nuß! Co Sie Maus! Tangent Sie Aal! O Canaletto!« Das enthebt ihn seines Urstoffes, nicht aber der Vergängnis. Er juckt sich, er beißt sich, er benimmt sich höchst wurzlisch, ja äußerst häretisch, er macht Aussagen, die aus anderen Aussagen folgen und durch deren Beweise zugleich mitbewiesen würden, säße er nicht so da, unser entflogener Spitzbub.

Sie hören das Höricht von Jakob und Sillis. Sie hören was Sie nicht hören wollen aber hören, weil ich sage Sie hören es. Sie wollen das Höricht von Jakob und Sillis nicht hören, weil ich dazu sage Sie wollen es nicht hören. Aber wenn ich sage Sie hören was Sie nicht hören wollen, also das Höricht von Jakob und Sillis, so sage ich das nicht ins Blaue sondern Ihnen. Ich sage Ihnen Sie wollen nicht hören was Sie hören, weil Sie hören wollen was Sie nicht hören, also nicht dieses Höricht, weil nicht Ihr Wunsch etwas zu hören was Sie nicht hören können weil Sie es ja nur hören wollen, sondern ich Ihnen sage, oder sagt, Sie wollen hören was Sie nicht hören, weil Sie nicht hören wollen was Sie hören. Ich sage mir, Sie sagen sich Sie wollen das Höricht von Jakob und Sillis nicht hören. Sie sagen sich, ich sage mir ich will Sie überreden es auf jeden Fall zu hören. Ich sage mir, Sie sagen sich, ich sage mir, Sie wollen das besagte Höricht nicht hören, weil Sie sich sagen, ich sage mir, Sie wollen es nicht hören, damit ich Sie überzeugen kann, daß Sie es schon eine ganze Weile hören. Das aber stimmt wahrscheinlich nicht. Sie hörten das Höricht von Jakob und Sillis.

Das verwuntschene Ais berührt den Sehnerv des Pächters, zümpftig erblickend ihm Geist und Kleid, die Aufforderung zur Maut. Die Ländereien des Pächters bestehen aus Seegras und Roßhaar, lauter Abgaben, ungeklärte Eigentumsverhältnisse. Manch Wenchtag läßt Ais sehr eigen vergessen. Häute vergammelnt, ihms Brückenzoll. Ihms Roßen-Inzel, geben Sie Ihrem Mentschen ein Vorgefühl. Aus verwuntschenem Seh-Haar, rührige taz Ais.

Wenn in Reschinar die Straßenkehrer entweder zwei rechte oder zwei linke Beine haben, so liegt Reschinar sehr abseits von anderen Gebirgsdörfern. Der Schwung ihres Besens hat im Laufe der Generationen das Standbein zum Fechtbein und das Fechtbein zum Standbein gebogen bzw. zu einem Doppel-Legato verkürzt und gestreckt, eine Haltung, die an die Folies-Bergères gemahnt, aber eher als feudal-antifeudales Relikt anzusprechen ist. Die rückständige Theorie vom gesunkenen Kulturgut verfängt bei ihnen nicht, im Gegenteil, der gelassene Synkretismus, der in der tanzhaften Ausübung ihres Berufszwanges manifest wird, markiert den Schnittpunkt latenter Strömungen vom karpatho-pannonischen zum katalanischen Einflußraum, die beide gewölbt sind, und vice-versa. Erst die Dracula-Version, die sie selber als Mumpitz bezeichnen, verpflanzt ihr Arbeitsgerät in die Salons. Ein objektiv-musikalischer Vorgang, der echt ins Herz geht.

Mann, du hörst die Schere. Hörst nicht etwa ein Klappern oder Schneiden oder Zuschnappen, noch das Geräusch eines befleißigten Stoffes, Bogens Papiers oder Fingernagels, nein, du hörst nichts als die Schere. Die Schere klingt anmutig, alt und stumpf. Sie klingt blau, liederlich und wertvoll. Sie klingt nicht ungemütlich. Sie klingt wie ein Plunder, ein Traum, eine Gefahr. Sie klingt flink und entbehrlich. Sie klingt unentbehrlich und sättigend. Sie klingt lautlos und schnippisch. Sie klingt wie mit einem Vergißmeinnicht verziert, nicht einmalig, aber einmal jetzt und einmal nicht mehr jetzt, denn es ist die Schere, die du hörst. Wenn du sie hörst, klingt dir am hellichten Tag die Schere.

Der blasse Dachdecker pfeift. Die Sportlichkeit, mit der er die Lippen schürzt, kann nur vom Dingsda herrühren, mit dem er in schwindelnder Höhe gegen die Blaßheit von Dachdeckern anpfeift. Aus allen Öffnungen des Hauses quillt Mietluft. Die Sinnlichkeit, mit der die Mietluft von Sims zu Sims klettert, um dem blassen Dachdecker das Akustikon von den geschürzten Lippen zu klauben, kann nur vom Dingsda herrühren, mit dem die Mieter der Mietluft die Mietluft nicht nur verbrauchen sondern auch schwängern. Niemand hört den blassen Dachdecker pfeifen. Die Entklaubtheit seiner gehobenen Stellung ist derart lautlos, daß sie nur vom Dingsda herrühren kann, mit dem auch große Sprünge in der Wolkendecke die Giebel beleben, allerdings langsamer.

Im Traum des Erdhundes hört sich ein Windhund Einlaß begehren. Die begehrenswerten Stuben im Traum des Erdhundes haben mehr Ausgänge als Eingänge, bilden ein stachliges Knäuel und fliegen rasant auf das Zentrum eines Bellwortes zu, dessen Phoneme sie bereits wie eine seifige Galaxie umgeben. Die Außenwelt im Traum des Erdhundes bellt im Traum des Erdhundes mit der Stimme eines Tierstimmenimitators, der im Traum Herr Seifenwind heißt. Aber wer hört schon dies Bellen? Bloß der Einlaß begehrende Windhund im Traum des Erdhundes.

Das um ein Dritteil verkürzte Höricht beginnt, wenn es schon begonnen hat, und hört auf, wenn es noch lang nicht zu Ende ist. Zwischendurch hat es oft gar nicht angefangen oder längst aufgehört. Um es unverkürzt hören zu können, müssen wir unsere Ohren um je ein Dritteil verkürzen. Erfolgt das mittels notwendiger Einsicht, so besteht Aussicht auf Erfolg. Allerdings werden wir hinfort bei jedem nicht um ein Dritteil verkürzten Höricht Dinge vernehmen, die um ein Dritteil länger, also einfach nicht drin sind, was wiederum unsere Zuversicht, das Maß allen Messens zu sein, zu einem Dritteil erschüttert, doch insgesamt und im Hinhorch auf das um ein Dritteil verkürzte Höricht die Maßnahme lohnt.

Wenn ein seltenes Tier durch einen seltenen Gegenstand springt, entsteht ein Sog, in dem die Seltenheit des Tieres und die Seltenheit des Gegenstandes sich selten schön mischen. Das Ergebnis nennen wir schönen Impuls. Er teilt sich dem Sog mit und bewirkt, daß auch andere seltene Tiere durch seltene Gegenstände springen. Die Repetition ist die Mutter des Widerspruchs; sie besitzt einen Zirkus und schwenkt Impulse. Durch die Kuppel pfeift ein Sog, den häufige Tiere beim Sprung durch häufige Gegenstände hervorrufen; das Ergebnis nennen wir schöne Resistenz.

*Im Bombay benannten Höricht bemüht sich ein wunderbarer Klang*körper, die Silhouette dieser Stadt dem Hörer vors geistige Auge zu bringen. Währenddessen erwächst vor dem geistigen Ohr dieser Stadt eine wunderbare Melodie. Der Umriß eines tatsächlichen Ohres gibt sich ohne Umschweife den hundertdreiundfünfzig Mikrophonen, die an den Schnittpunkten von Land und Wasser aufgestellt sind, zu erkennen. Ein Wäschekorb ächzt vor dem geistigen Hintergrund des Geschehens. Wunderbar hebt sich der Fesselballon, der aus gestochen kleinen Flexionssilben besteht, ins polychrome, von elektromagnetischen Wellen durchzuckte Geäder der wie eine Viole sich glockenhaft entfaltenden geistigen Durchdringung. Während der Fesselballon über Bombay drei Unzen Ballast in die Dämmerung als Bombast absäuseln läßt, ertönt ein tatsächlicher Scheren-Schnitt; und nach einem weiteren lautlosen Stil-Bruch noch einmal die aus safranzarten Schatten-Rissen zusammengefügte wunderbare Melodie. Den Rahmen des Bombay benannten Hörichts bildet eine Zierleiste aus schnuckelig schmausenden geistigen Ohrläppchen.

Der tropfende Wasserhahn ist von Anfang bis Ende ein Höricht, in dem nur gesprochen wird. Zunächst gibt eine zittrige Stimme das Thema bekannt. Es besteht aus einem einsilbigen, dem Tropfen eines tropfenden Wasserhahnes nachempfundenen Tropfwort bzw. dem es sinnfällig aufhebenden Worttropfen. Hierauf wiederholen einzelne teils glockenreine, teils im Stimmbruch begriffene Stimmen der Reihe nach und zum Zeichen, daß es einprägsam ist, das aus dem Tropfwort bzw. Worttropfen bestehende Thema. Hierauf improvisiert eine sonore Stimme eine Version der zu vollziehenden Aufgabe, indem sie das Thema glaubwürdig skandiert. Andere Stimmen fallen ein und geben andere Einfälle zum besten. Eine gefühlvolle Stimme interjiziert das Thema mit schrillen Ernüchterungs-Akzenten. Das Höricht zieht sich noch sehr in die Länge, die Stimmkünstler legen ihr Pointiertestes immer wieder in die thematisch tolerierte, ja begeistert angestrebte Einsilbigkeit, sie bringen zum Klingen und zum Schwingen, führen Zwie- und Mehrgespräche, beschäftigen sich konzentrisch mit dem Blindfleck der anzuwendenden Methode, dem sozusagen ausrasierten Lindenblatt auf der Niere des Mikrophons. Die Aufgabe wächst zuhörends, während das einsilbige, dem Tropfen eines tropfenden Wasserhahnes nachempfundene Tropfwort bzw. der es sinnfällig aufhebende Worttropfen im Höricht nicht aufhört.

Eines Regentages einen Regentag übersprechen, das wäre doch eine phonetische Aufgabe. Ich hörte eines Tages, wie der Regen einen Tag lang den Pamir übersprach. Es war ein Regentag auf dem Pamir. Eine Tagmütze aus Regen, eine Regenmütze aus Tag, sprach zum Pamir die Mütze, sprach die Mütze zum Pamir, eines Tages einen ganzen langen Tag. Wenn ich eine Bleizunge hätte, eine Bleizunge zum Bleigießen, überlege ich nun, da alles vorbei ist (»... mützenlos schweigt der Pamir«), dann, überlege ich, könnte auch ich eines Tages die Zunge restlos vergießen, wie ein Regentag sich in vierundzwanzig Stunden vergießt. Eines Tages könnte ich hören, wie die Zunge einen Tag lang den Pamir überspricht. Ein Zungentag auf dem Pamir. Eine Tagmütze aus Blei, eine Bleimütze aus Tag, spräche zum Pamir die Zunge (kürzer werdend, sich vergießend), spräche die Zunge zum Pamir. Er: »... mützenlos schweigt der Pamir«. Es war ein Zwiegespräch, vom Balkon, unentschieden, doch es stimmt, es war.

Die Meldung vom Lauffeuer nähert sich rapide dem Wochenende. Gleich hat sie den Schläfer im Graz an der Halmspitze. Schon weckt sie die Lebensgeister. Ah, wie reif sie die Nase steckt, wie munter ihr Schnupfen im Kleinen Rasenstück blüht. Auch ich kann zum Thema was sagen. Kinder, damals im Graz, im Schützengraz das Reservoir, die Tankstellen, die Zapfsäulen! Du kannst doch auch etwas sagen, wer will zum Thema nichts sagen? Die Schwelge zum Beispiel schärft den Sinn für geographische Entfernungen. Mein Epizentrum ist urlaubsreifer als ihres; es sitzt in den Kniekehlen und kitzelt alle fünf Sekunden. Seines hingegen schwelt pompös dahin. Ich kenne Familien, denen der Zucker im Blut hüpft. Alle fünf Sekunden ist was los, sag doch was zum Thema. Wie, kein Ausbruch der Sippenhaft in keinem Ballungsbereich? Kein Mützenmantsch? Keine Geiselverbrennung, kein noch so geartetes Fazit in Sitzgurten? Es sollte mich doch wundern bei dem Bedarf am Wochenende. Alle fünf Graznarben haben wir einen Feuermelder laufen, bitte sag schon was.

Das besagte Ding sei nämlich ein Rezipient für eine Verwendung und mehrere Geschwindigkeiten. Dem Urheber komme es weniger auf eine mehr oder weniger figürliche Distribution des besagten Dinges, als auf eine mehr oder weniger distributive Figürlichkeit der umstehenden Nachheber an. Das blasse Geviert, ein Wachsdokument von zu beweisender Treue, ein Kabinettstück von Anfang bis Ende, stehe im Geruch rastlosen Umtriebs von innen nach außen! Man höre und staune. Man kehre die besagten Geschwindigkeiten von außen nach innen. Man stülpe die Zeugenschaft um. Man wolle die Zunge der Völker ins Waisenhaus hängen, wo haarige Pulte den Bestand wenden. Man könne das besagte Ding kaum noch von den umstehend Nachheber genannten anderen Rezipienten scheiden. Es seien Klöppel am Werk für mehrere Verwendungen und einen Zustand. Man beobachte die mehr oder weniger figürliche Distribution sprechender Beweise. Man höre es schrumpfen. Man habe doch nur die Wände zum Reden gebracht und nicht die besagten Figuren. Das blasse Geviert laufe spitz zu, die nachstehend Umheber genannten Luftkästen seien nämlich spätestens von Anfang bis Ende ein Wachsgeräusch von zu beweisender Vollmacht.

Das auf Ahitchcophanes zurückgreifende Höricht besteht aus einem geschlossenen Raum, in dem sich freisteigende, freischwebende und freifallende Daktylen befinden. Daktylen sind wiederkehrende Merk- und Mundmale aus je einer Hebung und zwei Senkungen, deren letzte stets hohler ist als die vorige und die nächste. Dieses regelmäßig unregelmäßige Flattern macht sie für Augenblicke betastbar. Sie haben die Form von Exzenterpressen, Eisenbahnfängern und zertretenen Schwunguhren. Andere erinnern an dreistufige Erinnerungen. Und andere wiederum sind unantastbar, haben aber einen pulsierenden Geruch. Die Daktylen hängen mit dem geschlossenen Raum, in dem sie sich befinden, zusammen, gleichwohl streben sie ihrem Ende zu. Je öfter sie zukken, umso seltsamer steigen, schweben und fallen sie, umso weniger unterscheiden sie sich voneinander. Dem Zustand, der auf einem Wiener Walzer aufgebaut ist, des Hörichts, das nach ihnen heißt, entrinnen die Kriegstauben vergeblich, indem sie Zäsuren und Pausen gurren.

Mein Herr, Sie geben einfach wieder, was ohnehin überprüfbar wäre! Er habe laut Text kurz nach Herkulesbad das Auge gezückt und heftig reflektiert, folge man aber den Spuren der Römer, so spiegle sich da ein Objekt! Wir dürfen Sie aufmerksam machen, mein Herr, und man muß davon ausgehn, daß ein Bekenntnis nur ist, was für Dritte sichtbar geworden; da könnte doch jeder kommen, er habe das Auge gezückt kurz nach Herkulesbad, also bitte, wo kämen wir ohne Zugehörigkeit hin!

*Wenn du sagst, eine Stimme übersetze den Atem einer Katastro*phenschleuder, so willst du sagen, der Atem der Katastrophe vergeude sich an eine Stimme, die weniger Stimme als Information über ein Flugschiff ist und so weiter. Aber in Wirklichkeit übersetzt du, wenn du dies sagst, eine Redeübung in langsam unterbrochene Atemstützen, aus denen Körper auf Rädern evoluieren und rosenähnliche Flecken in Sätzen vorkommen, bis die Porfirogenese einsetzt, also ein Schweigen, das sich an eine Katastrophe vergeudet. Und wo, fragst du, atmet die Gegenrede, der Grünstich hinter der Geste? Oder nimm die akademische Flugbahn, das Gemetzel der Lufterschütterungen, den plötzlichen Einschub einer Wirklichkeit auf Rädern! Immer, so übersetzt eine Stimme den Atem einer Schleuder, übersetzt vom Ende her die Schleuder eines Atems eine Stimme.

*Was aber ist die Übersetzbarkeit? Sie ist einleuchtend. Sie ist so ein*leuchtend, daß der Fuhrmann sie dem jüngsten Sohn abnimmt und ohne Schwierigkeit durchs zwanzigste Jahrhundert vehikuliert. Sie ist ein Hoffnungsschimmer, den Worte an sich haben, die Politik machen, indem sie ihr heimleuchten. Der Kürbis wird von innen erhellt, eine Fuhre Illumination. Wir erweisen Denkanstößen die Reverenz, indem wir sie anstößig übersetzen.

An der Schallmauer scheiden sich aber auch die Geister. Geister sind Übersetzer, die einander gleichzeitig also gegenseitig übersetzen. Sie durchsetzen einander, bis sie die Gegenseite durchsetzen. Die so gewonnene und verlorene Unschuld nennen die Geister Definition. Diese wird, damit die Schallmauer nicht einstürze, nach dem Vorbild des Meisters Manole mit ihrem Lebendgewicht eingelassen. Sie bildet nun eine Art Fenster, durch das von beiden Seiten Geister, wenn auch verschiedene, mit verschiedenen Augen zu sehen sind.

Über die historische Aufnahme wird in einer Zweidrittelmehrheit ermittelt, während zu hören ist, wie atemlos in einer Badewanne ein künftiges Marmelhaupt partizipiert. Die Befragung ist anständig gemacht, der Zwischenfall ins Typische gehoben, endlich auch der irgendwo fällige, Proportionen setzende Schnitt, aber das Haus hat eine fabelhafte Akustik. Schon gerinnt die einfache Minderheit, es war ein Aderlaß, schon rauscht es in höheren Leitungen, schon brandet akolytischer Zungenschlag auf des Messers Schneide. Es ist vollbracht. Die Aufnahme findet statt. Der Rest ist Wiedergabe.

Man hört einen Schrei in der Vorvergangenheit. Dann dreimal kurz die Kuhglocke Futuri Zwo. Lange fällt kein Wort. Die Jäger schweigen im Walde. Ein männlicher Seufzer. Eine sachliche Nieskaskade, untermischt mit sehr leisem Federn eines spanischen Himmelbettes. Das ganze wiederholt sich, bloß daß der Schrei nun im Imperfekt und die Kuhglocke im ersten Futur auftreten, während die Jäger im Stiegenhaus einer Kaserne schweigen und der Seufzer weiblich ist. Die Nieskaskade, untermischt mit dem sehr leisen Federn des spanischen Himmelbettes, gleitet in die dritte Person über. Im letzten Teil haben sich die Realien der Gegenwart bemächtigt, und zwar abwechselnd in der ersten und zweiten Person Plural. Der Schrei kommt aus dem Archiv, ist aber noch frisch und dauert eine halbe Sekunde zu lang. Die dreimal kurz aufheulende Kuhglocke hinterläßt einen Schweif bläulich verbogenen Knisterns. Lange fällt kein Wort. Zwölf Designer schweigen am Landwehrkanal. Der in der Symmetrieachse einsetzende Seufzer ist kindlich-naiv und besteht aus dem O-Ton einer Singer-Dampfmaschine, was der Hörer weiß. Auch die Nieskaskade beruht jetzt auf Signalwerten. Sie ist durch Katharsis geschrumpft, pathetisch in die Breite gegangen und wertvoller geworden, weil das Federn des Himmelbettes, welches nach wie vor ein spanisches ist, sich im Konjunktiv befindet. Insgesamt ist das Höricht ein Triptychon und dient bei kultischen Handlungen im Hausbereich zur Unterscheidung des Vorher vom Nachher.

Das Geplauder über das Geplauder eines Wurfscheiben-Rennreiters setzt pünktlich ein, wenn die Straßenkehrer zum eingestrichenen Legato ausholen. Guten Abend! Gute Nacht! Denn ein Wurfscheiben-Rennreiter hat selbstredend ein Sendungsbewußtsein, ein Wurfscheiben-Rennreiter-Sendungsbewußtsein. Es schreitet in Uhrzeigerrichtung und erfüllt sich. Und was, bitte, ist überhaupt ein Wurfscheiben-Rennreiter? Li-Tai-Pe verweist auf Schwager Li-Ta-Nai und dessen Handbuch »Quasi una lingua hyppo-acustica«, zu deutsch »Was macht ein Diskus-Jockey in seiner Freizeit?«, und zeigt auf, daß so einer einerseits sich zwar in seiner Freizeit der Strategie bedient, als Berufsmäßiger jedoch der Taktik; andererseits seine Wurfscheiben zwar taktisch anfaßt, sie jedoch auf eine strategische Bahn bringt, so daß auch der kalabreserbehütete Betrachter des Fern- und des Nahzieles sich fragen muß: »Was heißt und zu welchem Ende studiert man Universalgeschichte?« bzw. »Wie ist und wo beginnt Freizeit?« Selbstredend, meint Johann Sebian, ist das eine Frage der Musikalität.

Beim Hören von Musik wird nämlich im Ohr Zeit freigesetzt: das Ohr produziert Freizeit. Auf dieser Erkenntnis beruht das Ohren-Leasing, ein blühender Dienstleistungszweig. Die also mit Hilfe von Leih-Ohren erzeugte Freizeit kann gespeichert werden, z. B. auf Band, wodurch die Summe der Freizeit ständig zunimmt, denn nichts geht verloren. Allein im Vorjahr wurden im Weltmaßstab Freizeitreserven im Umfang von 350 000 Musikjahren zurückgelegt – man bedenke! Die schwierigsten Freizeitprobleme treten dort auf, wo die Leih-Freizeit kein Gehör findet, weil das Ohr, das sie erzeugen könnte, verliehen wurde und anderswo Freizeit freisetzt. Leihen Sie Ihr Ohr der Musik!

Die Tafelmusik. Tino ist im Garten und sieht eine Orange. Er sagt was ist das für eine Blume. Er fragt was ist das für eine Wolke. Der Vater sagt eine Blume ist eine Blume. Tino nimmt die Orange und sagt Vater schäl mir die Wolke. Der Vater schält die Blume und gibt Tino sechs Scheiben. Der Vater ißt eine Scheibe und sagt eine Scheibe ist eine Scheibe. Tino ißt. Er sagt das ist eine Wolkenscheibe sie schmeckt nach Blume. Er fragt was ist das für eine Blume. Der Vater sagt eine Wolke ist eine Wolke und eine Orange ist eine Orange. Tino sieht eine Schnecke. Der Vater sieht ein Kalabreserhündchen. Der Vater sagt was ist das für ein Regen im Garten. Er fragt was ist das für ein Kometenschweif im Garten. Tino sagt das ist kein Kometenschweif im Garten das ist eine Orange mit zwei Hörnern. Der Vater schält die Orange und sagt hier ist eine Scheibe Regen hier ist eine Scheibe Schnee und hier ist eine Scheibe Dingsbums. Fein sagt Tino und gibt dem Rauchfangkehrer die Orange.

Der Verbindungstext zwischen zwei Musikstücken setzt sich zusammen aus Nachsicht, Einsicht und Vorsicht. Mit Nachsicht bezeichnen wir jene Geräusche, die aus dem Zusammenprall zweier oder mehrerer Geräusche entstehen, d. h. resultieren, ohne daß wir ihrer Anwesenheit habhaft geworden wären, was auch zum Ausspruch führt: »Léo, das Mikrophon!«. Einsicht hingegen ist die omnipräsente, omnipotente Pause, die aus dem Zusammenprall zweier oder mehrerer Geräusche entsteht. Wir können sie üben, nötigen und wenden; sie hat ihre Grenzen. Deshalb befindet sie sich auch nach der Nachsicht und vor der Vorsicht, quasi im Mittelsatz des Verbindungstextes zwischen zwei Musikstücken. Jene, die Vorsicht schließlich, ist der Zusammenprall, der aus den Geräuschen zweier oder mehrerer Pausen resultiert, und steht kurz vor ihrem Ende.

*Wie ist es aber um die Verbindungsmusik zwischen zwei Texten be-*stellt? Lohnt es sich überhaupt, darüber zu reden? Das tut es. Schon Johann Sebian meinte: Nicht was verbindet, trennt, sondern was trennt, verbindet.

Der aus dem Feature greifende Tonarm sucht hungrig nach Wörtern. Morgen wendet sich ein Blatt. Eine Oberfläche fühlt sich wie ein langsamer Bankrott an: ein Nesselfell, die schönsten Sagen von Rhein, Mosel und Saar, eine Unverfrorenheit. Wenn sich ein Blatt wendet, ist morgen der Hunger weniger einhäusig? Meistgehörte Wörter, auch Linkshänder, auch Umbedinger, du suchst mit allen deinen Wörtern und Armen nach Armen und Wörtern, du aus dem Höricht, dem Kehricht gewendeter Blätter. Ein Tropfen Chemie enthält einen Muskel Zeit. Seine Oberfläche sucht hungrig nach Ergriffenheit. Seine Unterfläche greift unverfroren nach Tönen, ich streiche gegen das Höricht, eine Biene fällt aus dem Fell.

Mit Knieschonern, Brechbohnen, Spitzhacken, am heraushängen-den Ende beginnend, immer der Änderung nach, hatten wir bald die Wolle im Öhr, viel rascher als erwartet, doch niemand war mit allen Fasern gewachsen, geschweige denn von einer ähnlich rauhen Glätte durchdrungen. Wir lösten uns ab. Die Wirklichkeit ging von Hand zu Hand, ein Wanderpokal, auch er sich ablösend. Es blätterte, es war ein teigiger Umzug. Einer von uns übersetzte: »den Tod in einem Atem nennen«, die Übersetzung schien den meisten von uns gut, wenn auch wollig. Es gab den Morgen, den Mittag, den Abend, seltener das Lab, die Tontaube und andere Fermente; einer, der Kardenpflücker, las vor und alle übersetzten »stürzend, von Feedback zu Feedback geworfen«, immer der Säure nach, die Schwellung hatte ein wenig nachgelassen, es glänzte, es blätterte, zum Aufhören bestand kein Anlaß.

Vom Blatt so als ob gelesen / gelesen so als ob ein Herrschaftsspiel im Gang sei aber / er stellt sich das ha was er liest geschrieben vor das heißt etwas Üppiges bis hinter die Vogesen Semikolon / dann sah Melchior Barbara weitergehen und Barbara sah nicht wie Melchior das sah es / war ein ganz und gar Akustisches Komma weil man auf Melodramen stieß / Punkt / aber nicht eigentlich die Zeichen waren der Witz an manch übergeschlechtlicher Sanftmuts-Raserei / nein nein nein / das was er tut stellt er sich gelesen vor ihn ermutigt ein Leitbild ein B-Text eine etwas ermüdende Herstellungsweise / Barbara tritt ein Melchior am Fenster raucht er stellt sich so als ob gelesen vor sie

Dann vernahm Pasquale Galuppi weder das folgende noch etwas anderes, von dem in Tönen erzählt werden könnte, er, Pasquale Galuppi, habe es je vernommen. Um deutlich zu machen, was da vorging und immer noch vorgeht, müßte Pasquale Galuppi uns in Tönen erzählen: Ich, Pasquale Galuppi, vernahm und vernehme eine Erzählung in Tönen, das heißt: vor Belästigung über das Tönen dieser Erzählung dünkt es mich so. Aber Pasquale Galuppi erzählt das in keiner Weise. Wer sind wir schon? Und was da vorging und immer noch vorgeht sind doch, ich bitte, Belästigungen, nichts als Belästigungen.

Bilder aus einer Hitze von Bildern, aus denen wir eben noch kamen, bevor wir als Bilder aus einer Ausstellung das Kaufen lernten, bevor die Liebe zum Kontinent uns einholte, bevor uns die Treidler ins Delta hängten, Bilder aus einer Ausstellung, Bilder aus einer Ausstellung betrachtend, die staatenlose Hitze im Hof der Museen, die Impressionen aus einem Totenhaus, die Zugehörigkeit zweier Mädchen oder der Trend zur Vervielfältigung, bevor die Flüstergalerie, bevor das Schweigen im Fischleib, bevor das Athenäum, bevor wir uns schlürften, Lemonensorbett, Nachmittage des Flors, ein Schwarzmeerkanal, die Verschiebung des Festlands, Treidler, Silos, die Liebe zur Eiszeit.

Sein Postulat kam wie der weiße Regenschirm aus dem Gedächtnis einer Parodie, ich würde sagen auf eine leicht optische Weise, so künstlich hat es den Konjunktiv eines Teehauses in einem fliegenden Muskel deponiert, man könnte meinen ein feuerroter Wurliwurm sei überm Dach der vierundvierzig Tode erschienen, wie dem auch sei, ein Genitiv fuhr wie der grüne Kaiserschmarrn in eine Sezession, und das, würdest du sagen, nagelt es fester an rollende Köpfe als das gefiederte Herz eines Rentners, denn wie ein fünfeiiger Kelch ging das Sprechzimmer des Auges auf und wie der Ätna ins Knie eines Erdrutschs, nun nun, könnte Herodias jenes behaupten, das wie ein Nord-Süd den Luftbaum entblättert und aus der Weiterwahl den Sammelruf wie ein teppetes Wunder verglüht, würdest du sagen, wie ein Biziklist, würde ich sagen, und dann fiel sie ins Gras, die kein Einfall war, das kein Gras war, und dann flog der Wurliwurm wie eine weißrote Glanzzeit ins Terrakottascherbel wie ein Gedächtnis, man könnte meinen, eine leicht technische Gewohnheit sei wie ein Regenschirm erschienen, würde sie sagen, wie ein Katapult, würde sie sagen, wie eine lilafarbene Guillotine in einer Distanz vom Gras, das kein Knie ist, vom Weiß, das kein Weiß ist, von einem leicht komischen Knödel im Hals.

Von all den Erkenntnisgeschäften, über die ich schlecht Buch führe, sind zwar auch viele abwesend, doch selbst die Vordrucke entbehren fahrlässig der Vollständigkeit.

Vielverheißend, wenn auch didaktisch, ist der Gebrauch der Haube oder Kappe, der bei Südwind, in Schüben, doch auch dann nur unter Beachtung aller Anweisungen, erfolgt. Zweimal wird nämlich die kastellartige Octophonie im unteren Hörbereich unterbrochen, denn zwischen dem zweiten und dritten und dem ersten und achten Segment gibt es keine unmittelbare Verbindung; nur durch den Umweg über das Innenohr kann man von dem einen ins andere gelangen. Nur drei Segmente besitzen Portale nach dem Innenohr, nur zwei Kaminschläuche; weitere zwei der insgesamt acht haben zu keiner der acht Klangsäulen Zugang, zwei andere hingegen zu jeweils zweien. Nur in der dritten, fünften und siebten Klangsäule führen Wendelkanäle in den oberen Hörbereich; dafür befinden sich in den übrigen Klangsäulen Nebenfrequenzen mit Waschnischen und Kabinetten … Jedes der sich zum Innenohr hin öffnenden Portale ist, was den Verliescharakter betrifft, anders geschwungen. An einem von ihnen erkennt der Hörer noch die Reste eines arg zerfledderten Lockrufs, der frontal aus dem Rahmen sprengte … Wie selbstverständlich entspricht der Segmenteinteilung des unteren Hörbereichs jene im oberen Hörbereich. Doch fehlt hier nur ein Durchgang, vom achten ins erste Segment, so daß der Hörer dieses, den sogenannten Freiraum, nur in einer Richtung erreichen kann. Fragen wir nach dem Sinn all dieser Anordnungen, so lassen sich einige gewiß aus dem Bestreben, größtmögliche Sicherheit für den Hörer zu schaffen, erklären. Dadurch, daß er nur auf genau festgelegte Weise seinen Weg durch den unteren Hörbereich nehmen und in den oberen gelangen, dort aber überhaupt nur in einer Richtung den sogenannten Freiraum erreichen kann, ist die Kontrolle des Zugangs sehr einfach und eine Überrumpelung so gut wie ausgeschlossen. Das octophone Modell bringt Grausames auf eine zugängliche Weise und wird im Großen Michel unter der Serie »De arte venandi cum avibus« geführt und hier und heute aus C. A. Willemsen, Apulien / Kathedralen und Kastelle, Verlag M. DuMont Schauberg, 1971, zitiert.

Im gehbehinderten Brief redet ein Vierteljahrhundert zu einem anderen Vierteljahrhundert von diesem und jenem. Es redet es mit du an, macht aber Pausen, die manchmal so lang sind wie der ganze Brief, manchmal auch so unvermittelt wie sein Schluß. Zwischendurch ist von Tapeten die Rede, von anderen Rollen und technischen Kommandos. Es redet mit Händen und Füßen, Worten und Gaumen, Haut und Haar. Stockend versucht es, für das andere Vierteljahrhundert, welches vermutlich seine Jugend ist, aber auch der gegenwärtige Empfänger sein kann, einzustehen. Griffbereit arbeitet es sich an es heran, scheint es abrupt zu überflügeln. Hat es es je empfangen? Die Absätze überstürzen sich. Noch redet es sehr offen mit ihm über ungeübte Vergleiche, Argumente, Alltägliches, und zeichnet schon gegen die Wolken, schwer leserlich, schräg.

Der Apfel A wird gleichzeitig von allen Seiten aufgenommen. Aus den Aufnahmen, die alle im Maßstab 1:1 sein müssen, wird eine einzige, aber sphärische Aufnahme erstellt. Da sie im Maßstab 1:1 ist, hat der Apfel A in ihr grad platz. Auf diese Weise deckt sich die Eine mit dem Einen und umgekehrt der Andere mit der Anderen. Die gefüllte Apfelaufnahme dient der Wirklichkeitssuche und erhält den ohrenfälligen Namen *Wurm.*

Freut euch, Leute, freundliche Lautgruppen sind einmarschiert, sie haben die Rundgebäude besetzt, alle Druckereimaschinen läuten, alle Redakteure haben neue Schleifen, auch neue Eulen-Säulen sind im Anrollen. Heute ist Feiertag. Euer Feuerlöscher schäumt Poesie, ei wie fein deutsch wir schreiben, Anlaut, Umlaut, Ablaut. Freut euch, geläuterte Benediktbeurer, die hoyle Welt mult.

Was heißt hier Erfindung das Reden betreffend? Es heißt daß jeder jetzt wisse, hier beginnt etwas anderes. Und wie ist das beschaffen? Wie eine Schublehre mit zwei Beinen und vier Sekunden. Wo geht es hin, wen macht es wie? Gen Süden natürlich, und froh machen tut's. Wie aber sollen wir es verstehen, wenn Lehrer und Eltern uns loben? Vom Hörensagen, vom Hörensagen. Zu welchem Ende gelangt und wem nützt es schließlich? Beides, im Sinne des Einen, doch eher das Andre.

Der Ernst, mit dem ich Ihnen einzureden versuche, wir unternähmen jetzt hier gemeinsam ein Höricht, erinnert Sie vermutlich an jene Parade, die ich als Kind mitmachte, als die Tribüne – 10 Meter hoch! – mit Ihnen zusammenbrach. Lassen Sie mich ausreden. Es war am 10. Mai. Der Ernst, mit dem der Nachrichtensprecher mir einzureden versuchte, wir unternähmen jetzt hier ein Blutbad zwischen stürzenden Bohlen und zersplittertem Erfrischungsgetränk, während die Parade weiterging, erinnerte ihn vermutlich an unser gemeinsames Höricht, als man uns nicht mehr identifizieren konnte. Der Ernst, mit dem wir uns ausreden lassen.

Fleischeslust

Eine Leserin bittet um Auskunft, was man bei Lebensmitteln in der Literatur zu beachten habe. Ihre Bitte ist verständlich, im Prinzip aber ein Trugschluß, von dem sich die Literatur, doch nie die Leserin ernährt. Frau K. in L. verwechselt die Konservierungsmethoden. Sie glaubt z. B., daß ein Fleischtext der Erreger und Keime wegen ins Gefrierfach gehöre, dort aber, im Gefrierfach, keine Chance habe, in hundert Jahren von der Leserin noch goutiert zu werden, weil diese, da selber kein Fleischtext, bestimmt nicht in der Lage wäre, der Erreger und Keime wegen, in hundert Jahren zu ihm, dem Fleischtext im Gefrierfach zu greifen. Es sei denn, sie könne glaubhaft nachweisen, sie habe nichts Fleischliches mehr an sich oder im Sinn. Davon war aber nie die Rede. Wir raten der Leserin, verderbliche Bücher möglichst rasch zu lesen oder die Frage nach den Lebensmitteln an die Literatur zu stellen, nicht an uns.

Fleißeslust und Geistesblust, die zwei abartigen Brüder der Köchin, treffen sich auf dem Ku-Damm. Fleißeslust ist willig und stark, Geistesblust wach, doch schwer von Begriff. Fleißeslust erzählt ein starkes Ding. Geistesblust faßt sich an den Kopf. Fleißeslust zückt ein Foto, auf dem ein anständiger Arbeitsplatz in unanständiger Position dargestellt ist. Beide schnalzen sie. Hierauf verführt Geistesblust Fleißeslust mir nichts dir nichts zu einem ausschweifenden Geistesfleiß. Währenddessen beugt sich im Altbau die Köchin über den Fleischtopf. Heiße Tränen fallen.

Fleischeslust (Vater) und Fleischeslust (Sohn) rudern in einem Kahn über einen See. Der Kahn ist aus weißer Watte. Sie unternehmen einen Betriebsausflug, denn Fleischeslust & Fleischeslust sind eine Firma. Sie rudern eine Werbekampagne, denn Fleischeslust & Fleischeslust stellen Watte für diverse Zwecke her. Fleischeslust & Fleischeslust im Watte-Kahn, man glaubt es sei ein Wolkenspiel, sich spiegelnd, ein Spiel Karten vom Vierwaldstätter See, oben und unten. Wer sticht? Fleischeslust & Fleischeslust sind rosig überhaucht; das kommt vom Rudern und vom Abglanz der friedlichen Sünde, in der sie rudern. Auch die fernen Gletscher künden vom Fleisch der Firma, auch die fleißigen Kühe, schon lila überhaucht, aus keimfreier Watte, grasen für sie. Vater und Sohn rudern mit Tampons und Stäbchen. Sie sind recht zufrieden, die Reklame war groß. Im Wasser taucht ein Licht auf; dann geht es am Himmel fremd.

Ebenfalls zur Familie gehören die ledigen Schwestern: Fleischeslast, wohnhaft im Zentrum, Fleischeslist hingegen in Britz. Beide sind schwierig. Sie leiden gemeinsam an Eigenschaften, die keine bei der anderen vermutet. Fleischeslast etwa tendiert zur Transzendenz ihres Zentrums, eine Unrast des Herzens, ein schwer bezähmbares Heimweh, welches ihr eine leicht zentrifugale Schlagseite, die objektiv auf Schlagsahne beruht, verleiht. Sie steht auf Pfundsachen, die sie verschmäht. Anders Schwester Fleischeslist in Britz. Die findet Pfandsuchen süß. Ihr naschhafter Überdruß an Randgruppengeplänkel treibt sie zentripetal in die Arme eines Schmollwinkels mit Wankelmotor, wo sie elffingrig die Préludes klimpert. So überlistet sie das Fleisch und bleibt im Gegensatz zu ihrer Freundin Esther vom Gegensatz zu ihrer Zentrumsschwester etwas weniger belästigt. Freilich, einmal im Monat treffen sich die beiden in Dahlem. Sie besichtigen den Faulbaumrindenbaum und die wilde Aloe, finden einander toll und stecken sich wehmütig und spielend in die Tasche. Dann gehn sie gegenseitig nach Hause.

*Allen pikanten Gerichten voran glänzt der Heringssalat. Die Nachti*gall beginnt am Kopf zu singen. Der Hausherr hebt die Zunge, Vivat!, alle stoßen an. Nun pflanzt es fort, nun ergießt sich ein prickelndes Schlupfnetz die Tafel hinab, köstlich, köstlich, alle Damen pinkeln silbern, alle Herren seufzen »Mozart!«, alle Domestiken tragen auf vereinter Flosse den Zwischenakt auf: Friedrike die Neunte, Königin der Nacht. Der Hausfrau fällt eine Schuppe vom Herzen.

Man nehme die Ranküne der Nockerln gegen den Schmarrn, das Blättern des Teiges gegen die Kalbsbrust! Und was haben wir da? Eine Zusammenrottung von Stockfischlein gegen Mias Pilzsauce, Lungenspitz gegen Lungenspitz – still, Opernfreunde, es werden Aufläufe geprobt, Wasen schlägt sich ab, soweit die Schönheit reicht, Mensch, Gänseklein! Ha, man schmiere, streiche, schlage, Preßsack gegen Amphibienrolle gegen Dampfnudel gegen Capri- und Paprikaprizen. Mohrenbeutel. Das alles finden wir beschrieben (»Leckermäulchens Unbehagen oder Die neckische Liebe zum Widerspruch«), nein, es ist keine Phantasie. Phantasie wäre das Gegenbein, ein Teil Schnee und ein Teil Schnee, Freunde. Ein Rezept gegen Rezepte, ha, ein Kompott gegen die Sülze, das Schmoren des Bratens gegen den Saft, man probiere das Süpplein. Räsoniert wer gegen die Vernunft? Ein hohes Cis gegen ein Wasserbad. Das Passieren gegen ein Sieb. Man nehme einen gut gemachten falschen Zungenschlag, ein Zwiebeln gegen die Angst, das Spicken der Hasen gegen den Strich, ein Schmecken gegen den Wind, einen Kopf gegen die Wand.

Topfenstrudel, flüstert Griseldis, ist die Fortsetzung des Unterrichts mit anderen Mitteln. Und die Abwandlung eines Diktums, entgegnet Vanill, ist wie ein Roman von Tolstoi, du glaubst ihn zu lesen, aber du verschlingst ihn. Und erst das Leben! Zibebe ist's, die sich einmischt. Das Leben ist die Fortsetzung des Topfenstrudels mit Krieg und mit Frieden, es hängt von der Verhältnismäßigkeit der Mittel ab. Grenzbereiche, meint Laokoon, Spiegelgefechte mit Teigwaren, doch, wie Griseldis uns sagte, eine Art Unterweisung. Der Topfenstrudel war alle. Hierauf liebten die vier sich, freilich mit anderen Mitteln, aber es duftete köstlich.

Aus nichts wird nichts. Fleisch bleibt Fleisch, Gulasch Gulasch, wenn auch nicht ewig, denn sein Verhältnis zu den eingefleischten Werten ist ein durchaus nahrhaftes, höre ich mich sagen. Auch Mark-Klößchen-Sätze sind Einweg-Sätze, Werben und Abwerben, Schütteln und Schmeißen, Shake and Speare – sterben die Unverköstigten eigentlich aus? Wenn die Morgenröte über dem Fleisch sich hebt, um einer anderen Vermengung zu weichen, dann, höre ich mich sagen, wird aus nichts nichts, nichts geht über Fleisch. Begriffsverschlingung bleibt Verschlingung – aber die Appetitlichkeit kommt mit dem Begriff. Ähnlich geht es den Einschmeckern, von denen ich mich nicht ausnehme. Auch ephemere Freuden gehn an die Nieren, aus nichts wird keine Dialektik, höre ich eine gepökelte Zunge.

Wir lassen ein Haar auf dem Mehlberg zergehen, brocken uns ein und warten auf Post. Während jemand den Teig schlägt, regnet es im Land. Während es aufhört, dampfen wir einen Ort aus dem Boden, ein anderer stampft uns entzwei. Während des Backens weiß der Absender längst, wo der Kuchen reißt. Ein Rumpeln stiehlt sich zusammen. Oh wie Glut: nicht lang sondern länglich. Übermorgen ruf ich den Kuckuck.

*Unter ständigem Schneetreiben stäubt er die Form aus, knüllt Zei-*tungspapier zu Kindsköpfen, die langsam aufgehen, reibt den Teig aus den Handflächen, eingeschwärzte, bröselnde Ganglien, dann spreizt er Schöpfer und Späne gegeneinander, zückt einen Fladen und fährt zirka fünfmal mit der Zunge in die Weißglut. Er ist kein Zauberer. Er ist der Koch, ein Austreiber. Schon platzen die Äpfel, die Kasserolle baucht sich, der Braten geht ab, eine kindische, eine laienhafte Ekstase. Sie wird es ihm büßen müssen. Bedächtig, fast perfekt, bindet der Koch sie am Bein seines Küchentisches fest. Fest? Nein, ganz locker, fast schaumig. Auch er ist nur ein Meister. Wir lernen manches von ihm, vor allem die Freiheit bringt er uns bei. Die an die Leine genommene Unart verzehrt sich bereits nach Gnadenbeweisen, Mores, Mores, wir lecken die Form aus, wir verfeuern die Kindsköpfe, wir würgen an einer eingeschwärzten, bröselnden Zunge.

Als fehlte uns heute nichts als der Nasenzauber. Und wie er uns fehlt! Uns Deutschen fehlt vieles. Und wenn es das Fehlen des Nasenzaubers nicht gäbe, wir würden's erfinden, das Fehlen. Aber er fehlt uns so sehr und so wirklich, wir müssen heute schon so vieles aufbieten, um sein Fehlen nicht aus dem Sinn zu verlieren, daß es tatsächlich scheint, als fehlte uns heute nichts als der Nasenzauber. Besonders beim Turnen am Speck übersehen wir meistens den Bauch, der weniger beleidigend wäre, träten wir nicht in solch schwitzenden Riegen an. Ja, vieles geht uns durch den Kopf. Bloß der Nasenzauber fehlt uns. Oder diese abstrakten Hutschen! Sie knarren nicht, sie duften nicht, sie reißen uns auch nicht entzwei – sogar die Lippenbewegung ist völlig synchron. Was uns fehlt ist also keine Fröhlichkeit, wahrlich kein Honiglecken, uns fehlt nicht einmal die Angst. Und entbehren wir vor allem auch des Spürsinns nicht, der vonnöten ist, um etliche Grundnahrungsmittel auf den Tisch zu bringen. Er schnuppert, er strahlt, er zaubert ein bißchen, er mogelt.

Wie Dinge des Essens, sobald sie die gewohnte Richtung (»von der Hand in den Mund«) ändern, eine Bedeutsamkeit erlangen, die ans Ungenießbare grenzt. Da heißt es etwa Grübelbraten! Kreti-Pleti! Nagelschaumpilaf! Und selbst einfache Dinge wie Semmeln oder Sauermilch verletzen ausgesprochen (»vom Mund in die Hand«) das Schamgefühl. Diese unanständige Hervorbringung inwendiger Masse verleidet uns sehr die Fröhlichkeit des Essens. Privatbriefe, während der Mahlzeiten gelesen, kriegen etwas Indezentes im Ausdruck. Fast obszön sträubt sich etwas beim Erbrechen ungenierter Herzen.

Von Hand zu Hand, im Damensinn herumgereicht, ging die Kasein- trommel. An den Schlagriemen baumelten rustikale Geräte, und es roch zünftig. Der Kommentator linste zum Uhrzeiger und beschleunigte die Saug- und Pumplaute der mit Aspik gefüllten Häutchen. Aus der Zentrifuge lief Kwas. Im Herrensinn (»Zurücktreten!«) schnurrte die Schöpfungsgeschichte ab, die Party war richtig im Gang. Nein, ehrlicher: Milcherzeugnisse sind halb so fett wie der Zungenschlag ihrer heilig-nüchternen Deuter. Auch Askese, war zu vernehmen, ist ein Molkereiprodukt, treu-herzig, edel gereift, die kandierte Kirsche nur des Zugzwanges wegen, aber mit dem Stiel. Die Schaumlippen des Kommentators, mit Bläschen besät, spitzten sich zu, stülpten die Exegese, noch feucht, in den Raum. Sie glitschte von Hand zu Hand, im Damensinn, im Herrensinn (»Denken Sie an Goliath!«), ein Gürtelmieder, eine Schnalze, eine Schleuder, eine Art Mangel »im Hinblick auf Käse«, eine Art Käse »im Hinblick auf Mangel«, die Anwesenden klatschten rhythmisch mit seifigen Fingern, ekstatisch.

Im Vergleich zum preisvergleichenden Stil ist der Pasodoble ein Kinderspiel. Umgekehrt ist der Pasodoble im Vergleich zum preisvergleichenden Spiel ein Kinder-Stil. Ausgangsposition ist in beiden Fällen die Logik, das ist die Summe der durch Vergleiche zu gewinnenden Schritte, gewissermaßen auch der vorweggenommene Einsatz oder hintangesetzte Vorsatz. Tusch. Die Vergleichspaare sind angetreten. Lichtdurchflutete Paläste halten den Atem an, sind von Kopf bis Mus auf Köpfchen eingestellt. Leise schimmelt der Schmeh. Jetzt! Mit Tschingbum und Trara, in allen Stockwerken gleichzeitig, auf allen Rolltreppen, unter allen Branchen, setzt sich der Pasodoble in seine fröhliche Bewegung. Das Vergleichsmoment ist unvergleichlich! Diagonal verzückt, in elegant ausgreifenden Hüpfern entschwebt es zwischen sich biegenden Tischen. Ha, »Unterschiedenes ist gut« … Wird Hölderlins Pasodoble doch ein Schlager? Klingling. Das Antippen von Themen ist im Vergleich zu Preisen ein Kinderspiel. Umgekehrt sind die Preise im Vergleich zur angetippten Logik hinkende Vergleiche. Tusch.

Unter dem Aspekt der Ernährung sind Dinge auf Rädern und Rollen schlechte, dem Zufall preisgegebene Mittel zum Zweck. Anders die versiegelten Container, jene magischen Behälter für Huckepackwaren eines kombinierten Verkehrs. Auch Plomben an Viehwaggons bürgen für den Einweg von Lebensmitteln, auch die Sinnbilder (Tannenessenz, fein gehobelt) führen vorfabrizierte Güter dem Kunden ins Haus, in die Magengegend. Die Leckereien der alten und der neuen Welt, kandiert, lädiert – aber durchaus wichtig, wie Sauerkraut auf hoher See, man kennt das. Unter dem Aspekt der Ernährung sind Lebensläufe auf Rädern und Rollen schlechte, oft aber die einzigen Mittel zum Zweck. Eine Beschriftung, gelbe Aufkleber, blaues Regenwasser. Phantastisch verblassen die Denkzettel. Wer sie lesen könnte, ein schlimmerer Hunger, eine unmäßige Identifikation.

*Sie aßen im Taxi. Sie entblätterten die Schnur, sie spalteten die Klar-*sicht, sie wickelten die Hülle aus der Fülle, sie drangen zum Kern vor. Sie lösten die Schale, sie puhlten die Fasern, sie stießen auf Überfluß. Sie entfernten das Überflüssige. Sie stießen zur Seite, sie kamen zur Sache. Sie packten aus. Sie ließen alles Überflüssige fallen, sie drangen zum Überfluß vor, sie stießen die Hüllen beiseite, das Taxi quoll über. Sie warfen alles Überflüssige aus dem fahrenden Taxi, sie pellten die Häute, schälten die Sache, lösten Knoten, zogen das Fell ab, schabten und puhlten, stießen zum Überfluß vor. Die Fülle quoll über. Sie warfen die Abfälle aus dem Taxi. Sie warfen sich auf die Sache, sie lösten die Verpackung, sie aßen im Taxi, sie waren scharf auf das Essen im Taxi, sie lösten sich, sie lösten das Taxi, sie warfen es aus dem fahrenden Taxi, zu allem Überfluß sich hinterher, es gab ja alles, in Knülle und Müll.

Gut-einfach-billig, auch Schlaf genannt. Ich bin ein Futterverwerter. Mein Schlafrock ist nur eine Metapher, doch in ihm zehre ich von ihr. Die Umsetzung fliegt mir zu, ich setze Pausäpfelchen an. Sie ist eine Frucht der Zeit, eine Zins-Frucht, ein Weck-Pfund, mit dem ich wuchere, ein sich vermehrendes Fallobst. Das reicht am Tage weder hinten noch vorn, aber ich werde nicht müde, es zu preisen; nur so sättigt es. Nicht müde werden ist mein Schlafgeheimnis. Es lohnt sich. Ich spare mehr als ich verbrauche. Nacht für Nacht lege ich ganze Apfelbetten zurück. Mein Schlafrock, die Zeit, arbeitet für mich: gut-einfach-billig. Je mehr Äpfel, um so größer, wenn sie einmal ausgeht, der Vorrat. Ist das eine Freude jeden Morgen! Ist das eine Freude jeden Abend!

Der Heuschreckenpudding, auch Apfelbettelmann genannt, hüpft, wenn er vom Fensterbrett gestoßen wird, auf die Straße; samt Schüssel. Das Jena-Glas zersplittert, der Pudding hüpft weiter, den anrückenden Heuschrecken vor die Füße. Sind es tatsächlich Heuschrecken, so fallen sie über ihn her, verputzen ihn und marschieren zähneknirschend von dannen. Ihr Gebiß ist mit falschen Diamanten besät. Sind es aber die wahren Gäste, die nicht nur erwarteten, dann verneigt sich der Pudding vor ihnen und sie geleiten ihn, Hand- und Fußballschwünge mit ihm treibend, ja ihn regelrecht herzend, unter Begrüßungsrufen ins Haus; wo er kurz geschrubbt und hierauf gemeinsam verzehrt wird. Trotzdem ist Achtung geboten. Sobald von dem wohlschmeckenden, aus Altbrot, Äpfeln und Zucker bereiteten gummiartigen Gericht alles bis auf den Namen *Heuschreckenpudding, auch Apfelbettelmann genannt* verspeist ist, sollte man aufhören, denn an diesem kleben vielleicht noch veritable Diamanten; die wir für weitere Anlässe und Generationen aufheben wollen.

Sehr wirtschaftlich im Gebrauch ist auch die Kochkiste. Tagsüber eignet sie sich mir zum Gardünsten von Krautwickeln, sauern Erdäpfeln und falschem Hasen. Nachts stopfe ich in ihr den Tagesvorrat an Zigaretten, die mich so genau die Hälfte kosten. Es kommt allerdings auf die Methode an. In den Seegras- und Roßhaarbreiten, die ich bewohne, ist pyramidales Turmkochen weniger ökonomisch, da es die natürlichen Ressourcen nur in einer Richtung veranschlagt. Ich rate ab. Um so sparsamer ist aber, auch hier, das Ausweichen auf geistige Herde.

*Vergessene Fleischlieferanten, Däumlinge, Füßlinge, Kämme, Ring-*finger, Schlipse, Hutbänder und andere Glücksbringer in ihrer verschiedenen Gestalt verdienen es, ihrer Selbstvergessenheit und Ausgiebigkeit halber, besonders in der Jetztzeit häufig auf den Tisch gebracht zu werden. Zu oft vergessen wir, daß wir in ihnen, wie in der Wellfleisch- und Wurstbrühe, vorzügliche Werte besitzen. Damit keine Eintönigkeit entsteht, sollen sie vorher abgeschreckt werden und in der Darreichung abwechseln. So werden denn auch diese zu unrecht vergessenen schönen Behelfe noch ziemlich lange Fett liefern, ehe sie ersetzt werden müssen.

Auf der Kochkiste sitzend, die manches ersetzt, habe ich ein paar Tricks ausbaldowert, die nicht zu verschweigen ich mich beeile. Reste von Hand- und Körperseife zum Beispiel, die oft jahrelang unnütz herumliegen – wie bekommt man sie wieder sauber? Nichts einfacher als das: man wäscht sich mit ihnen und denkt an die Lilien auf dem Feld. Auch sie duften. Lästigen Quittengeruch hingegen entferne man aus alten Hemden *nicht,* denn er schützt vor Ahnungen, Kälte und Zahnweh. Fälligen Terminen begegnet man, indem man auf sie zugeht; fülligen Menschen ebenfalls. Rohe Kartoffeln aber sind stets von innen nach außen zu schälen, damit die Stärke erhalten bleibt. Andere Tricks sind weniger interessant.

*Die Vorspeise besteht aus appetitlichen Phantasiewörtern, den Gau-*menkitzlern oder Lockrufen. Diese ermöglichen es der folgenden Hauptspeise, in einem Kontext zu stehen und, mit handfesten Beispielen aus dem pflanzlichen und tierischen Bereich aufwartend, ihren das Abstraktionsvermögen betreffenden Lernzielen vielfältig gerecht zu werden. Die Auxiliare der Hauptspeise, eine Menge Flüchtigkeitspartikel oder Geschmacksbildner, unterstützen die peristaltische Einverleibung der Begriffe, kurz ihre Individuation. Die Hauptspeise wird von Urlauten begleitet. Dazu werden Jahrgänge kredenzt. Je belesener der Speiser, desto erlesener die Länder- und Völkerkunde, desto sinnlicher die historische, desto historischer die sinnliche Erfahrung, eine wahre Enzyklopädie. Die Nachspeise endlich serviert in der Regel Persönlichkeiten des Kultur- und Geisteslebens, aber auch Staatsmänner, berühmte Räuber, Domherren, Sänger, Köche, und schöne Damen, die alle auf der Zunge zergehen. Insgesamt zehren Vor-, Haupt- und Nachspeise vom nominal-agglutinierenden Wortschatz und sind dem oralen Stil zuzuordnen. Sie dienen der Unterhaltung des Wissens.

Eine Methode, wie man verhindern kann, daß Mundtücher den Bärten etwas anhängen (eine Meerrettich-Persönlichkeit, ein Hummerkörbchen, ein Spitzengespräch), ich sage verhindern. Nicht einfach, gar nicht so einfach. Die Zwecke zweckt, der Hamster bamst. Gewisse Dinge bei Mahlzeiten lassen sich nicht verhindern.

*Barbara führt ein Ferngespräch, weil das Marillenmus nicht ge-*liert, eine echte Verzweiflung. Mutter du in Bremen, hilf! Ja es ist ein Jammer, wie sich die wirklichen Marillen in Einkochgesprächen verhalten. Bei Zuckermasse z. B. haben wir den Großen Flug, ein objektiver Meßwert, denn wenn die süße Träne sich in der Borstenschlaufe, die wir in Küchenachse heftig schwenken, spannt und bläht und wie ein Libellenflügel abhebt, an der Kredenz zerschellend – dann ist die Sache klar. Doch bei Marillen? Kein Großer Flug, kein Borstentest, keine Küchenachse. Bloß Mutter du in Bremen. Einheiten, Einheiten, wohin das führt. Schon züngeln blaue Flämmchen aus den Schröpfköpfen, handgestrickt, ein so gesunder Spuk, schon gelieren die Einkochgespräche, ohne Chemie, schon ist Barbara zähflüssig, ein Gedicht von einem Mus, Marillenmasse, alles klebt, alles klebt, Mutter du in Bremen, hilf!

Erstens: Sarmale sind eine Art Krautwickel. Zweitens: Krautwickel sind zwar Kohlrouladen aber keineswegs Sarmale. Drittens: Die Koseform von Sarmale ist Sarmalutze. Viertens: Liebesbezeigungen beschleunigen das Drehmoment; ein Satz der keine Mitteilung enthält ist keiner; wo wäre ohne das Schlafittchen der Schlafitt? Fünftens: Sarmale ohne den Duftzeh sind wie der Duftzeh ohne Sarmalutze. Sechstens: Nur Sarmale gehn über Sarmale. Yeh, yeh, yeh. Siebentens: Sarmale nach Sarmalutze-Art gewickelt sind nachher ein wenig besser als Sarmalutze nach Sarmale-Art gewickelt vorher.

*Lava bewältigt das Pensum: auswalken, einfalten, auswalken, ein*falten usw., noch viele Male. Der Tausendblätterteig ist aus feiner Blätterteigmasse. Lava ist frohen Mutes. Nichts Außergewöhnliches ist ihr fremd. Morgen kommt Gurnemanz, übermorgen Paestum, am Montag der Spiegel, keine überflüssige Stunde. Im Rauchfang hängt Tausendguldenkraut gegen Pickerl, im Rohr steigt der Blätterteig, Lava macht sich frisch. Keine falsche Bewegung.

Dem Hausgemachten sollten pflaumigere Beben folgen, man hatte sich's sozusagen naturschön vorgestellt, galerienförmig, in Abwicklung und sorgfältig gemahlenem Ocker begriffen – wenn auch nicht unbedingt. Der Gemüsestumpf, paniert, und fast schon ein Zeichen von Wahrheit, rankte sich an der salzdurchbluteten Hirnmasse hoch, die uns an zärtliche Phänomene erinnerte, stellenweise an Seiden-Engerlinge, oder an rosa Leistenbrüche. Wenn das Griechenland ist, schien man sich zu entschuldigen, dann ist auch dieser Schrecken unverwüstlich, gell? Wieder einmal regnete es Affinitäten und Aversionen, grün und blau, zur Inselwelt. In Laubregionen hingen dampfend und atavistisch die Formationen Gneis, Glimmer und Schiefer. Darüber der Artischockenberg. Es war, wie sagte eine wandelnde Schönheit, ein wandelndes Treiben, fast eine Landschaft, jedenfalls hinterließen wir Spuren von Ziegen und Powidl, leicht aquarell.

Das jungschweinerne Gericht ist vorbeigeflogen. Sich entfernend erinnert es wieder an einen Helikopter. Auch das im Unterleib verebbende Geplärr ist längst in Anatolien, oder wer weiß. Riecht ihr's? In der Faust eines langbeinigen Innungswesens reimt sich schon »Zwiebel« auf »Hügel«; Fenchel und Salbei, die feineren Kräuter, sind wieder dabei. Erhaben wanken die Mäuerleins im Hohlspiegel. Es grimmelt. Es kolbentümelt. Hinter dem Glas zerreißt ein Vorhang nach dem anderen. Im zierlichen Gebiß wird die Schmornuß sichtbar, nur ein kleines Menetekel, leicht wie eine Hutschnur. Ich möchte nicht wissen, wie oft ich noch schlafe.

Das erste lachende Gebiß reicht für alle, hinten und vorn, Zuschauer und Mitesser. Es ist herzhaft und schmeckt pausbäckig. In Buchweizengrütze blüht es richtig auf, aber erst die schleichenden Ohrspeicheldrüsen, sogenannte Erbs-Mümpse, bringen es vollends zur innerlichsten Kichernis, ja zur totalen Sperre. Allerdings hatten wir einmal einen, dem es fröhlich zum Hals heraushing, aber das ist eine Ausnahme. Gewöhnlich liegt das erste lachende Gebiß auch nur jenen im Magen, die es allen Ernstes kauen. Auf jeden Fall ist es dem blubbernden Eisbein vorzuziehen. Wir empfehlen es üblicherweise Mitarbeitern wie Außenstehenden zur Entkrampfung mauliger Atmosphären und hartnäckiger Geduld.

In Scheiben geschnitten schmeckt die Zunge trutzig bis Mitternacht; in Lappen verdaut ledern bis flandern. Jetzt erleben wir gleich einen kalten Aufschnitt, eine Art Pelz-Irritation, die Saugnäpf einzeln zu Berg, die Poren zu Tal, es bleibt nicht beim Geschmack. In haarscharfe Scheiben geschnitten übt die Zunge eine Zensur aus, da Diät, hie Diot. In der Mitte liegt holdes Bespeicheln.

Das zweite falsche Gebiß ist eher sättigend. Es benötigt weder Kukuruzkolben, noch ein halbes Dutzend gewiegte Personen, noch anderthalb mal soviel Graupen. Die Rosetten werden nicht gebauscht, aber auch nicht entfernt, dafür bürste man die rohen Gummiwalzen ebensowenig einzeln mit Asche. Kleie nach Belieben. Kochzeit wie bei Scharlach. Die übrigen Zutaten sind auch nicht mehr die gleichen, doch kann man mit der Beize sparen. Lächelnd serviert, ergibt es angemessene Portionen mit hinlänglicher Sicherheit, auch an den Zeilenenden. Reste sind immer auch am nächsten Tag verwertbar; leichte Schrumpfungen haben nichts zu besagen, es bleibt in der Familie.

*Die Tafelmode im Wandel der Zeiten, so, so und so, dem Dritt*abschlag vergleichbar, doch auch in steter Durchdringung. Feiert Fleischeslust Feste in Wladiwostok, senkt sich die Taille in Boston. Trägt Hagia den Adamsapfel im Nacken, fliegen in Kniffelheim die Fetzen. Oder in der U-Bahn: Uniformierte des Fleisches häkeln gräulich Meliertes; Reservisten der Branche hingegen üben an allerlei Knöpfen mit den Äuglein den Rösselsprung. Auch Artus, der Boß, gibt sich heuer wieder eine Blöße – und was für eine! Pistazien! Er kommt, wie das meiste, von der Stange, so, so und so, die Evidenzen sind abgesteppt. Ein sagenhaftes Modell, furoreverdächtig wie rüde Textilien, schwedengrün, oder sein wallender Kiensack, mit Äther.

Und wo rangiert der Bienenstich? Auf eine Ebene höheren Ranges. Wir werden ihm ein Standbild errichten. Es wird »Immenschmatz« heißen und eine Kolumne sein, mit drei klatschenden Spalten. Unmöglich, unmöglich, rufen die Leute, Ebenen sind flach, sie können unmöglich ein Standbild tragen, geschweige denn eine Kolumne! Gewiß, wenden wir ein, eine Kolumne macht keinen Sommer, hilft aber auf einer Ebene höheren Ranges gegen Rheuma; in 30 Jahren sehen wir uns wieder! ... Inzwischen sind die Akazien ins Land gegangen, »Immenschmatz« ist eine Wucht. Weithinragend, besonders in stillen Nächten, lockt er Piloten an, die ihn stundenlang mit gedrosselten Motoren umkreisen. Aber auch am Tage! Denn in der einen der drei mit süßem Wurmelputz besetzten klatschenden Spalten trägt »Immenschmatz« die Fackel des Über-Lokalen, mit der anderen belebt er die Geister, und auf der dritten posaunt er Intimes und Anonymes, kostenlos, pausenlos ... Anderen Pflichten enthoben und doch auch: wie praktisch!, ist nun die ganze Ebene mit ihren Schindeln und Windeln, Fladen und Plattitüden, den Jahreszeiten, den Hühneraugen, den großen und den kleinen Antillen, der ganzen süßen Heimat nur noch aus Bienenstich. Das ist uns eine Genugtuung.

In der Fassade des Dogenpalastes halten sich elf Eichkatzel versteckt. Wer findet sie? Oder ist es der Naturkurpark von Wörishofen? Vermutlich sind es auch keine elf Eichkatzel sondern sehr viel mehr Tauben, aber wo? Solche und ähnliche Fragen, liebe Kinder, habt ihr euch sicher schon öfters gestellt. Deshalb besichtigen wir heute den Kölnischen Dom. Jawohl, es stimmt: in seiner Fassade halten sich elf ganze Dogenpaläste versteckt. Wer sie findet, fliegt mit uns nach Wörishofen. Solche und ähnliche Wünsche habt ihr doch sicher schon öfters gehabt. Dann haben wir also einen vergnüglichen Aufenthalt, und gleich nach dem Nußbrot um elf gehn wir das unteilbare Venedig suchen, es hält sich im Naturkurpark versteckt. Wir dürfen nach Herzenslust klettern und von Dom zu Dom hüpfen; auch die Gondeln dürfen wir füttern und, wenn wir das Suchbild satt haben, uns hinter der hohlen Hand verstecken, da findet uns nicht mal – na wer?

Nicht so viel Limonade trinken, nicht so viel teure Sachen kaufen, Schuhe putzen oder Zeitungen verteilen, nicht so viel Strom sparen und Geld verdienen, und auch mal eine Schürze selber nähen – das meinen meine Töchter (fünfzehn und elf Jahre) zum Thema »Nie wer sein Kleid mit Tränen aß, will Schnepfe der auch keine«. Beide haben ein Tagebuch sowie eine »Tageskasse«; die eine in der Form einer Porzellan-Eule, die andere als Porzellan-Schwein. Übrige Restel werden da hineingesteckt, auch etwaige Aussprüche großzügiger Verwandter. »Sammeln, sammeln und sich endlich einen langersehnten Wunsch erfüllen können, das Damenrad zum Beispiel oder eine Rolle Plastilin«, sagt die ältere. »Der Nachteil des Tagebuchs, daß man als Minderjährige nichts abheben kann ohne die Einwilligung der Eltern.« Deshalb wollen sie beide es vorläufig tüchtig für sich arbeiten lassen.

Triumpf! Triumpf! Er ist in Sicht! Ich bin auf diesem Tüpfelfinger imstande, ein triumpfales Fleich herauszuchlagen! Rach, rach, es ist mir eine Lust, auf einer Triumpfmachine herauszuchlagen, was das Fleich hergibt. Dieser Triumpf erzeugt einen Charakter, der sich von anderen herausgechlagenen Siegen abhebt, ein ganz und gar überwundenes Fleich. Ein ungewohnt großer, ein triumpfaler Charakter im Chriftbild dieser Vorrichtung. Auf dieser tüpfelfingrigen Psyche chreibt es sich einmalig, nämlich fast physich. Meine Triumpfmachine ist selig. Nun wird sie sich's endlich überlegen, immer diese chnöde Fleichchleichwerbung zu betreiben. Wie sich das ausnimmt! Ausnehmend groß und voll. Der Charakter des Triumpfes auf dieser Machine ist praktich unchlagbar. Ich werde ihn ihm chon herauschlagen, diesen Fleichcharakter!

Die Erbauung der Seele durch saure Dinge. Nehmen wir vorsichtig aus diesem Cembalo drei Kubikdezimeter von Scarlattis eingemachten Zirpsen; lassen wir sie herumschwirren. Ein Sauerwölkchen Plagegeister, in Nesselhöhe. Nehmen wir an, wir hätten ein Wams, eine Weste, einen porösen Habitus, alles aus Lackmus. Nun, Schüler in der dritten Bank, wie wird sich deine Sehnsucht färben? Betrachte dein Wams. Es ist rosa geworden, na bitte. Und die Weste? Ebenfalls, nur blasser. Aber dein poröser Habitus? Der Stich ins Rosa, hier sehen wir ihn deutlich, ist säuerlich gefleckt, in der Tat scarlattifarben, Flausen und Flusen. Unser Habitus ist jetzt ein blasses Löschblatt und strebt zu tieferem Rosa hin. Merken wir uns: Saure Zirpsen bewirken Sehnsucht; Sehnsucht ist eine Art Scharlach im ersten Stadium; den rosasauren Zustand ungesättigter Flecken auf einem Löschblatt nennen wir Seele.

Wenn dir die Laus übers Beuschel läuft, wenn die Currywürste rufen, die Eselslocken wehen, – dann gehab dich wohl, Magda, der Nichtrührer hat zugepackt. Ade, Affentürkei, unsinniges Jucken auf der Kippe zum Landlauf. Gefährlich ist's, übers Moos zu gehn mit Speckwürfeln im Haar und Bindehäuten im Perfekt!

Hab und Mut. Der ihn nicht ab nimmt den er nicht Hut – Salute! – und geht. Hat er ihn? Oder doch bloß? Er gaut und gar. Von eben ist nicht die Rede. Er hält es mit dem Gegenlicht; die Vergänglichkeit ist ihm suspekt. Mir scheint, er haut ihn auf, aber die Verhältnisse täuschen – er ist bestenfalls vogelfrei. Hab ab, hab ab, rufe ich, noch immer die Lage verkennend. Er ist balt und sprösel, mottenzerfrut, das Stirnband klei. Meine Anerkennung! Ein Gefühl der Kopflosigkeit rottet sich zusammen. Es ist ziemlich schlimm, aber er winkt, es schneit, ich winke.

Zwei ungleiche Behälter, an Autobahnen aufgestellt, dienen zum getrennten Auffangen von Donner und Blitz. Ziel des Unterrichts ist eine im Nu sich erhellende Zeichensprache, das Geschichtsbewußtsein zwischen zwei Schauern. Über der Ausfahrt »Torrino« hängt jetzt ein grollendes Luftschloß, aber wo ist die Stadt wirklich? Der Pfeil im Spiegel. Die Drehscheibe im Visier. Und, mitten im See, ein gleichzeitiges Nichts; es war der Wildwechsel. Doch, kurz nacheinander, die ungleichen Tafeln »Torrino« und »Torrino«, von beiden Seiten. Dann füllt sich unsere Kombüse, jemand läßt wild, leuchtend Butter zergehen, man balgt sich, Scherze im Petrinetz in die nokturnen Silos gleitend. Die schwarze Leber sabbert und der Ausfluß wäre bloß eine Sache der Zeit, ein Donnern hinter der Zunge.

Vorwürfe muffelnd wiederkäut Menander Iris des nachts; tagsüber schläft er, seine Metamorphosen irisieren. Apis hockt mit Lisbeth im Isthmus. Auch Doris ist wieder moros. Effi, das Briest, liest bloß Krimis. Wir sind ungenießbar. Wenn Menander Isadoras Parodontose Doris verübelt, verübelt Iris Isadora Menanders Karies. Kaut Apis an Effis Echt-Eishorn-Schürzen herum, bastelt Lisbeth phlegmatisch an Stundenplänen des Eros. Penis ist ein wandelnder Anstoß; Nispe groß im Aufwerfen von Burnus-Spuren. Turnusmäßig geht der Vollmuff auf, und alle Lüfte haben einen Mundschatten.

*Man widme diesen Hausgemachten Willibald der Krausen Hand-*gekochten Glucke. Wer die Flocke des Hafers nicht ehrt, den soll die Fleischeslust holen. Ihr vermache ich etliche Schock Kummerspeck. Wer Kummerspeck mag, ist ein freundlicher Leser. Ihn widme ich diesem Buch. Er wird die Schwerenot des Hafers, der Flocke und allen Lesens gehen. 1 stille Lippenbewegung für den Hausgemachten Willibald, 1 triumphalen Finderlohn für die Krause Handgekochte Glucke.

Zur Anfertigung einer Seidenflickendecke gestatte ich mir, Ihnen meine Dienste anzubieten. Ich habe solche schon in großer Menge angefertigt und verfüge über eine große Erfahrung im Anfertigen einer Seidenflickendecke. Geben Sie mir die Gelegenheit, Ihnen eine Seidenflickendecke anzufertigen, dann erfahren auch Sie, was solche anfertigen zu lassen für eine große Gelegenheit ist. Eine Seidenflickendecke, zu deren Anfertigung ich Ihnen meine Dienste anbiete, benötigt eine große Menge Seidenflicken, die aus Ihren Seidenflikkenvorräten, wie sie in jedem größeren Haushalt in großer Menge sich anzusammeln pflegen und oft in großen Kisten und Kästen herumliegen, mir zur Anfertigung zur Verfügung zu stellen ich zu bitten mir gestatte. Eine von mir angefertigte Seidenflickendecke bietet Ihren Seidenflickenvorräten Gelegenheit zu neuen, großen Diensten, besonders in unserer an Seidenflickendecken so armen Zeit. Komme ins Haus und fertige eine Seidenflickendecke auf Wunsch auch in großer Menge an.

*Ein fleischgeworden Schnäuflein schnauft in der Lücke im Bau-*zahn. Eine peinliche Klemme, mitten am Tag am Tauentzien.

Das, heißt es im Autopsiebericht des Einzelgängers, erinnert mich seltsam an unser letztes Beisammensein in Basel, auch damals fiel jemandem, weil niemand etwas sagte und jeder mit den panierten Hühnern, Gäns und Fischn beschäftigt war, ein, daß er jetzt gut sagen könnte: Das erinnert mich an unser letztes Beisammensein in Basel, sagte es auch, fügte aber das weitere nicht hinzu, so wie auch ich es mir jetzt verkneife zu sagen, was er nicht aussprach, nämlich daß damals bei seinem letzten Beisammensein in Basel jemandem, der sich, ich glaube, er ahnte es, Dotterbey nannte und ein naschhaftes Hündchen mit sich führte, das tanzte und scharwenzelte, weil niemand etwas sagte und jeder mit den panierten Hühnern, Gäns und Fischn beschäftigt war, einfiel zu sagen: Das erinnert mich seltsam an unser letztes Beisammensein in Basel, es auch sagte, aber das weitere zu sagen sich verkniff, weil er halt dort im schönen Basel war. Was er ebenfalls nicht sagte, doch die Lage der Organe zueinander erinnert daran.

Der Eindruck täuscht. Die Stücke sind von einem Streuselkuchen, allein sie legen ein durch und durch entgegengesetztes Verhalten an den Tag. Stück Alpha wird von Grund auf angegangen, durchkämpft, durchlitten, endlich, Sieg, die Krone, der Lohn. Anders Beta. Gibt unbekümmert sich hin, sein Bestes vorneweg, obenauf, ein Schmatz, dann der mühselige Abgesang, und ganze Teile der Basis bleiben verschmäht. Doch was Alpha von unten nach oben, ist nicht gleich Beta von oben nach unten! Nein, wir haben es mit Streuselkuchen und nicht mit einfach Umkehrbarem zu tun! Das ist es ja, was diese Mehlspeis so süß macht! Andererseits ist selbst die Süße der Süße von Alpha-Oben niemals die Süße der Süße von Beta-Oben; obwohl, wer kontrolliert das? Höchstens wer beide auf einmal verputzt, fad von der Seite, im Schnitt, der statistische Unhold!

*Es ist ja nun hinlänglich bewiesen, und dafür gesorgt, daß im Pro*zeß der Einverleibung, der Karnation sowie des schließlichen Ausscheidens die feinen Unterschiede nicht in den Himmel wachsen. Im Metabolismus, der, Leib und Seele also zusammenhaltend, die Trennung von Außen und Innen nicht nur besiegelt sondern auch krönt, redet der Mensch zum Menschen; soße / gelimitad / knorz; und Stoffwechsel betreibend verfügen wir über ein universelles Verständigungsmittel, dem zu entsprechen wir aufgerufen sind. Zartester Spargel! Ahnender Austausch! Denn im Dunstkreis des Lebens sind zweierlei Gnaden: Einfuhr und Ausfuhr ... Allein die Kreatur ist launisch und diffizil. Jemand, der keine Fleischperson ist, will nicht, daß man dies weiß. Er schafft das Fleisch ab und geht mit Eifer hausieren, den er Brot nennt. Wo ist denn dein Fleisch? So darfst du nicht fragen, wenn dir dein Wort lieb ist. Etliche Kalorienbenenner werden des Fleisches überführt. Der Schnee riecht verdächtig nach unserem täglichen Eifer, dein Fleisch ist ein mittleres Salär in einem Brotbergwerk. Auch Wortsurrogate erhalten das Wissen, ein langwieriges Wintermärchen ... (Unverträglich hingegen sind Medien im Speck. Gesunder Stoffwechsel übt Introspektion. Schon die Idee einer Idee generiert Ideen.)

Grünzeug in Taschen und Beuteln. Das Tragen von Natur in dehnbaren Geweben, die Immortellen-Euter sind im Kommen, der neue Katalog ist da! Wer ist lückenlos. Ich bin gerne nicht lückenlos, schief ausgerupft, in dehnbaren Begriffen. Läuche und Schläuche, etliche Arten von Häretik, die Lappen und die Knollen, alle nur denkbaren Auswüchse. Heißt Grünspan im Grunde Plastik? Oder Bast? Oder etwa gar Holofernes? Das hat dir der Grüne gesagt, das hat dir der Grüne gesagt; der Spaßfink! Ja, der Frühling ist da. Gewöhnlich zeitigt sein Schleppen in Mittagspausen von Anstalt zu Anstalt bargeldlose Unklarheiten, die Trägerfunktion betreffend, eines Finders, eines Rupfers, eines Soßenkochs. Er kann ans Problem herangehn wie er will, die Sprache generiert unentwegt, petersilienähnlich, Idealismus. So wandert das Abgewachsene in Taschen und Beuteln bloß unter Fichten und Lärchen. Solche Sanatorienhöfe sind dann die Brutstätten jeglicher Erlaubnis. Man darf sogar vom Tod reden, als seien die Grünzeughändler Engel, es ist wie ein See mit ziemlich viel Mitte.

Nach dem Konzert gingen wir einmal vernünftig essen. Der Schnee trieb wieder so dicht, wir fuhren, oder glaubten zu fahren, in einem Rudel, ich dachte: Splitterhaar. Gegen alle Vernunft gingen wir so dicht, die Vorstellung, einmal wieder vernünftig zu essen, trieb uns. Wir hatten mit einer langen Fahrt gerechnet, aber die Kälte zog an, ich dachte: Honig. Und: Hunger.

Die Ausgießung der Ode auf den Ölkuchen oder die Verschreibung von Zukunft gegen distrophisches Durchhängen. Wie weit, fragen Abgeführte, muß es kommen, welcher Machtverein ist gegen die Verklärung des Hungers gefeit? Berichte aus den Wolkengruben, nur: roch es nicht damals schon sehr nach Vanille? Oder, bitte, der leichenscheue Witz: »Die Schwachen werden die ersten sein«, jene Kategorie nämlich, die befördert wird. Im Herbst fuhren die Krankentransporte vom Gleis der Ölmühle ab. Subventionierte Hoffnung auf forensisch flatternden Tafeln. Ich träume noch heute vom Ölkuchen, der sättigt, vom Ölkuchen, der gegen jegliche Beförderung immun macht, selbst gegen den Vanilleduft eines geschlachteten Heimwehs. Vielleicht ist meine Witterung inzwischen kürzer geworden, dunstgleisig wie die ungenaue Aura gerösteter Kerne, schon wieder ein Kälbchen.

Fackeln wir nicht lange, fahren wir zur Sonde, erleben wir den ewigen Sommer von Arbegen! Sie brennt. Aber wie lange noch. Im phänomenalen Umkreis von zwölf Kilometern »vergreisen« die Felder, gewiß, wir richten uns in der Ausdrucksweise schon nach ihnen. Der Kalender ist abgeschafft, rund um das Jahr siedet der Wein am Stock, eine Art Jungbrennen, oder nicht? Ernst und gerötet suchen wir rasch die Mal- und Badesachen, halten eintauchend fest: mumifizierte Mergelhunde, Konturen von Fröschen, eine zarte Zeichnung, die der Schweiß einer Schnecke ... wie, man darf nicht näher heran? Laßt uns wenigstens Luftbilder baden, die glasigen Flecken, wo Tag und Nacht sich auflösen – Gleichheit, wo ist dein Stachel? Dreißigtausend Liter Ochsenblut rollen an, der Volksmund gafft, die Spezialisten hoffen. Hopfen und Malz, auch Galläpfel, Holzessig, Hufe und Gedärm sowie Knochenmehl im allgemeinen wirken Wunder, ebenso Fleiß und Industrie, jeder sein Scherflein, ganze Züge. Sie brennt. Aber sie wird noch in diesem Jahrzehnt zugeschüttet, ein phänomenales Freibad im Januar, ernst und gerötet; Dabeisein soll gesund sein. Alles gäben wir, Ehrgeiz und Spürsinn, für einen solchen Sommer in Arbegen, auch große Mengen Hornblende, Schlemmkreide, Badesalz, die feuchten Felle von dreißigtausend totgebornen Lämmern und vieles andere mehr, die Volksmundspezialisten hoffen. Fackeln wir noch lange? Bloß ein Luftbild: Die Krause wird angelegt, der Knebel schließt sich, gestockte Kleie, ein Treck Pfingstrosen, die Büffel fliegen.

*Wenn er reiset, fliegt ihm Tafelfertiges ums Kinn. Wenn H. C. nie*set, fahren die Ebenen aus ihrem Sibirien. Über dem Aug das Stück Schlacke funkelt, doch ihm geschieht's. Ein Verwandlungs-Prestidigateur! Seine Diktaphone sind Proteine, seine Faxen Profilaxen. Er züchtet Tauben, die das blinde Korn finden – zweihundertdreiundsiebzig, sein fast absoluter Diwan. Die Farben sind Gelb, Weiß und Zinnober. Ach, sein neues Paraplüh hat er im Gewürz-Haus liegen lassen. Es lernt ihn mittlerweile auswendig. Nun, er liegt im Moos. Er ist ein Kelte, eine Wucht, ein Wal-Mal. Selbst in seinen lässigen Winden etymt es nach Pommeranzen: Sindbads Menetekel, falls es Linguisten dann noch gibt. Was er anfaßt, uns blüht's. Man wird ihm die Füße waschen, das Wasser reicht er.

Die Stärke des Zöllners zum einfachen Leben. Die Kartoffelpyramide, der Krautobelisk. Die siebenundneunzig Tage der Neuen Aubergine oder Abhärtung durch Sonnenuhren, ein ganzer Park. Handarbeitskurse. Wie man sich ohne Vergleiche etwas Lustiges vorstellt. Sieheda, zwischen Glück Null und Glück Eins ist die Zuwachsrate total, die Ewigkeit des Zöllners. Er ist eine Pilzkolonie. Er ist eine Fontanelle in einem Dreisatz mit zwei Unbekannten. Er ist ein Feuerchen, am Himmel erscheint seine Narzissenwiese, eine phantasmagorische Laterna Magica. Er ist die Bleifigur, die friedliche Schäferin im Maul des Wolfsjungen, er ist ein paarweis gefiederter Grenzpfahl. Was ist er noch? Alles, die Appetit-Verköstigung der nominalen Allmacht mit frischen Augäpfeln, noch blutig.

Die Tierarztenswitwe ist selig! 3 x täglich lockt sie die Säure, trägt Stuhlgänge ein und skandiert Hasso, dem Anisbraunen, die zwölf Temperamente ihrer Koliken vor: Keule, Bauch, Kotelett, Brust, Bug, Hals, Filet, Nußstück, Frikandeau, Oberschale, Hinterhaxe, Vorderhaxe, oh meine Kresse des Brunnens! Immer denkt sie sich was Neues aus. Heute ist es das Hanomag-Geknattere eines nach Mittag verschlagenen Joghurt- und Öldruckgewitters. Die armen Kreaturen verdrehen Hälse und Augen, fürchterlich wackelt das Schlachthaus. Hasso ist eben kein Spaniel. Er ist ein Schnepfenhund. Die Tierarztenswitwe ist meine Großmutter. In ihrem Nähkörbchen mit dem Durchmesser Pi schlafen fleischrosa Wahlverwandtschaften neben beleidigten Trikots. Stichst du mit einem zierlichen Gegenstand, so wirst du die falschen erleichtern, Anastas Hurliplex. Greif im Juni zum Trokar, steht heut in der Grünen Post, schwarz auf selig.

Kohlrabizuspeis, ebenerdig, mit Faschiertem, Kostschale drei (unter dem Quittenreis, sehr ausgiebig) für halb zwölf bei Fräulein Gottschling; Mittwoch Husarenmarsch, besonders gut mit blauem Zwiebel, bei Doktor Göltl, Kostschale sechs, Fingerlingsstiege; Leihbücherei Armbruster, ohne Einbrenn, morgen ein halber Herr mehr; Erbsensuppe, aus dem Mannschaftsraum der Einjährigen (mit Pferd) bei minus 17 Grad auf die Strickhaube der Schülerin Hilda W., gefriert im Schein der Abendsonne zu fahlen gelben Quasten; Maroni, zu hastig mit dem Daumen gepelzt, bewirken Kindheit und Erbrechen; fünf Adressen hat Frau Gunesch zu bekochen, zweimal die Woche mit Nachspeis, Sonntag immer Buchteln; Glitschen und Eiszapfen gibt's beim Weindel, im Durchhaus lauern die Purligaren; das Austragen von alten Gerüchen ist nicht mehr so lustig.

Die Prompteuse sitzt im Kämmerlein. Sie füttert ihren Blutspiegel und mutmaßt. Der Lüsterer nippt an einem Polstakan Feuerwasser. Er sinniert. Ist die Anfechtung zu retten, fragt sich der Autor und setzt ein langes Menü auf. Die drei schweigen. Draußen arbeitet die Landschaft. Sie häkelt an einem unrettbaren Wintermorgen.

Wer bricht das Ei? Klumbus, der Anfeuerer, klopft auf den Tisch, wir starren aufs Ei, keiner bricht es. Will einer mir erklären, feuert Klumbus an, warum er das Ei nicht zu brechen vermag, dann ist das Ei gebrochen! Nichts. Die Schwierigkeiten, das Ei zu brechen, ohne das Ei zu brechen, scheinen enorm; nicht einmal die Spitze des Eiberges wird sichtbar, ehe das Ei nicht gebrochen wird; und wer bricht schon das Ei, wenn unter der Last des Südpols nicht einmal die klirrendste Fahne oder der eiseste Busen auftaut? Ich habe leicht reden jetzt, wenn wir unter uns sind, unter unserem eigenen hin- und hergletschernden Schweigen, das keiner bricht, eisern, es könnte zerbrechen.

Mit Kohldampf im Haar und Krautwickeln im Zickzack gelangt die Prompteuse ans Ziel: Au, Klausenburg! Oder Clausewitz? Nie ist man sicher bei ihr. Immer wieder entpuppt sich ihr Auberginensalat als Voraussetzung: zart, vegetativ, zitronengelb. Sie ist so handfertig, so kochmutig, so strickherzig. Großzügig schickt sie den Rauch-Rosetten am Herd einen Anti-Materie-Blick nach …

Die Salmiak-Fürstin wühlt in den Laken: Es stehen Gäste ins Haus! Wie konnte sie drei Hyazinthen vergessen. Eine schon – aber drei? Sie fühlt heut seit Tagen den Puls. Morgen hat sie Geburtstag. Ein scharfes Arom zieht durch Schränke und Vorräte. Wo bleibt Malawi? Und wer von den Anwesenden kennt Malawi? Sobald man die kleinste Kleinigkeit übersieht, beklaubt sich das Fleisch, ein schnupfenähnlicher Vorgang in Beuteln und Taschen, Gewitterwolken im Necessaire. Das Fläschchen, an die Nase geführt, schafft Erleichterung. Im Hof zucken die Hühner, Finnland ist weit, Lebenssäfte rollen an. Die Salmiak-Fürstin betätigt lange Listen, Knöpfe und Stifte, mein Gott, und die Leuchter sind noch im Gepäck. Wir disponieren um, die Hyazinthen in Riechweite, die Laken in Spitzenbereitschaft, den Puls heute rosa.

Kann mir jemand Auskunft geben, wie man Leier-Index-Bohnen haltbar machen, bzw. die laufenden Verpflichtungen klein halten kann? Man hört heutzutage so viel Gutes von Kolophonium. Glauben Sie, daß man heutzutage ausgeleierte Hülsenfrüchte mit Kolophonium noch haltbar machen und dabei die laufenden Verpflichtungen nicht antasten kann? Was halten Sie von Kolophonium? Oder empfehlen Sie Bohnen-Wachs? Mein Ratgeber rät mir zu Salpeter-Salbei-Dämpfen. Aber woher nehme ich heutzutage Salpeter-Salbei-Dämpfe, ohne die laufenden Verpflichtungen anzutasten? Ich bin gerne bereit, auf die Leier-Index-Bohnen zu verzichten, wenn ich sie nur haltbar machen kann. Kann mir jemand Auskunft geben, wie man laufende Verpflichtungen aufhält, ich meine, kann heutzutage jemand mir eine haltbare Auskunft geben?

Abweichende Falken, Fräulein Ozon, sollten wir tunlichst vermeiden, über den Rand massieren oder verkümmern lassen. Wir neigen ohnehin zu einem Füllhorn, das reine Gift! Ringe und Grübchen hingegen, zumal die konzentrischen, lassen uns im neuen Licht erscheinen, turtelturtel; packen wir's an.

*Der Effekt des Bodenlosen tritt beim Überqueren von Ballungszen*tren nicht plötzlich auf sondern unerwartet weg. Eilig anwesende Reporter: »Wann kam Ihnen der Gedanke?« Keine Antwort – auch eine Antwort? Es stimmt nämlich nicht, daß Gedanken im Gehen kommen; sie gehen vielmehr, Rülpser durch die Fußsohlen, eine abstruse Vorstellung der Beine, nacheinander, im Gehen von uns. Ein Entweichen über Hohlräumen, Schächten, Kanalisationen, ein Abfließen ins Kabel-Genabel. Man könnte sagen, es kommt zu einer Art Erdung, aber wie gesagt, es geht bloß durch die Lappen. Gewissermaßen ein Wegtreten, das ist der Gedanke.

*Ausgehend vom Küchenschrank gelange ich, da Edelpilz sich dün-*ne macht und Spekulatius an der Butzentür saugt, entlang der Aufschrift »Herumhungern verboten« zur Ölreproduktion, um nichts unversucht zu lassen, was die Mundreste meiner leiblichen Schwester Sophie betrifft. Die Liebe ruht zwischen mittelalterlichen Buchteln, an Leidener Flaschen gehängt, ein Kindergericht. Unbefrohten, höre ich sie wispern, gellt das Zünglein im Ohr zur Seelenfeier. Aufzeucht's, ihr Strömer, höffentlich Vielfache, zur kleinsten gemeinsamen None! Kommt nur, ich fuge. Doch um auf den Küchenschrank zurückzukommen, sägen wir uns veranlaßt, Mehl und Mehl, entlang einer Nut, einem Stromstoß, einer Feder … und erst bei Licht besehen …

Die Stulle im Palmengarten, bloß ein Säuseln, ein Wippen. Es ist eine himmlische Stulle, die durch die Anlagen geht, von Niemandes Widerspruch bemundet. Im Rosenwinkel, in sich gekehrt, wo sich die Jagdwurst befindet, lustwandelt einsam die Stulle. Sie erholt sich von der nimmersatten Großstadt, sie spannt einmal richtig aus. Keine Umwelt weit und breit. Schamhaft, mit sanftem Geraschel, reproduziert, ja regeneriert, ja entwickelt die Stulle ihre Ureigenheit: balsamisch, herzhaft-würzig, ein Hauch von Lauch. Die Palmen wiegen sich. Ach, wieder Jahreszeit, Jausenzeit. Zwei Zitronenfalter … sie landen! Gefräßige Stulle.

Aus besserwisserischen Meßbechern schmeckt Sekt miserabel bis schlecht. Besser schmeckt Sekt aus weniger besserwisserischen Meßbechern. Schlechter Sekt schmeckt auch aus besseren Meßbechern besserwisserisch; weniger schlechter wiederum auch aus weniger meßbecherischen nur mäßig, das weiß jeder bessere Sektkenner, Sie becherwisserischer Sektmesser, wissen Sie!

Der Feinschmecker ist ein geplagter Mann. Regelmäßig sieht er sich in unbeschreibliche Zimmer versetzt. Irgendwie stellt es sich heraus, daß sich irgendwo eine Durchreiche befindet, zu irgendeiner Küche. Beiläufig erfährt er vom Vorhandensein der Tafel, an der er nun schon, wie sagt man, seit Tagen sitzt. Er läßt sich nicht verwirren, er ist ein Feinschmecker. Ein Mädchen trägt irgendwasfür Blumen in einer kunstvollen Frisur auf, ein Teilnehmer lehnt am Kamin. »Sehen Sie doch auf die Straße«, rät ihm etwas, das etwas später von etwas anderem mit »Johann« angeredet wird. Während er den Rat befolgt, schießt das Speisezimmer, denn das ist es nun wohl, wie der pneumatische Lift einer Lomonossow-Universität blitzartig in die Höhe und befindet sich im 10. Stockwerk. Die Straße ist eine Schwindel-Schlucht. Eben betritt die winzige rote Mütze eines Pasteten-Lieferanten den Haupt-Eingang. Das Meer, von dem es zwischen irgendeinem zweiten und dritten Gang hieß, es »schmiege« sich von Süden an die Stadt, müßte also, entgegen plus Dativ (»seiner Annahme«), doch im Osten liegen, weil der Pasteten-Lieferant das zum Hafen gelegene inzwischen 10-stöckige Haus durch den Haupt-Eingang betrat; es sei denn, der Wintergarten, von dem irgendein Teilnehmer behauptet hat, man könne in ihm trotz der schwülen Gummi-Gewächse »schon den Ozon der Heidenangst riechen« (die ja, das weiß nun der Feinschmecker aus irgendwelchen Gründen hundertprozentig, sonst wäre er keiner, von den nördlichen Plateaus westwärts die Täler herunterkriecht), läge wirklich in jenem Trakt der Wohnung, der durch den Salon zu erreichen ist. Das könnte in der Tat der Fall sein, wenn der siebente Gang von rechtsrechtslinks aufgetragen würde. Dort befindet sich aber die Wand, und der siebente Gang wird nicht aufgetragen; er dampft, bloß wo? Der Feinschmecker ist ein geplagter Mann, die Sitzordnung völlig illusorisch, man hüstelt, die Orientierungsnase irrt einher, die Durchreiche befindet sich jetzt im

Kopf, die Tafel (aufgehoben) in Augenhöhe und deckt sich sowohl mit dem Horizont des blauen Meeres als auch mit den zusammengekniffenen Lippen der Dame in Öl. Folglich, durchzuckt es den Feinschmecker, folglich liegt das Büro des Pasteten-Lieferanten »gleich nebenan«. Durch die nach Mitternacht geöffneten Nasenlöcher dringt ungesättigter Ozon.

Noch während des Umzugs denke ich mit verschieden geschnürten Kartons an die schmierigen Stempelkissen, das Knurren einer Bauchnähmaschine, die Einbeziehung von Fellen und Tennisschlägern in fremde Intimsphären. Auch an irgendein Stopfgarn und an die Tüte mit Sesamresten im Regal zwischen Artmann und Eich, wenn mich die Lippen nicht täuschen, ziemlich durchwachsen.

*Mit Dirigentenstäbchen, auf Samt serviert, frugal gespeist. Unheim*lich büchern gerülpst. Nahe dich. Des Tonarmes poliert. Untum, sauriges, ach du mein Schultergestühlz, auch du? Dem Grame. Hierauf gedacht. Gelte es frühzeitig hinzuabsolvieren; ein Stündlein Konkretes, die Steiermark. Dem Kaffee eingenommen. Gestörrte (...) hymnischer denn reglotz, nur jetzt nicht, reagierte in keinster Weise, müssen. Die Ehrlichkeit der Spiegel-Theorie, aber wieder mal zu nekrophil, zu türkisch (hier wahrscheinlich Denkfehler, wohl eher »tükkisch«) serviert, ein schwarzer Satz (»Schwatz«?) zwischen den Zähnen, angezweifelt. Letztlich warum, Kopernikus? Und andere Bemerkungen an den Tellerrand, und schnobs gesellig liebuhderen, versehen, dergleichen Pfui-Hornz sie dem Lokalen entgegenbrünkten (umbrächten), diese vornehme Vergeudung! Im Ohr (gehabt): »Sein Gals menschelt von A bis Zet.« Wir hatten einen linderen Herbst, münkemünks, aber in Grenzen. Er urast schon wieder. Hei, ihr Mädchen, loßgetz!

Engen! Weiten! Kürzen! Längen! Es werden Damen und Herren gesucht, die für Geld oder Leben vorbeischauen, Bedingungen wie Heu. Oder Kinder. Wir ändern alles. Kommen Sie demnächst bitte mit alten und neuen Dingen zwecks Maßnahme vorbei. Sie benötigen ein babylonisches oder ein salomonisches Gutdünken? Fällt Ihnen Anpassung schwer? Haben Sie Ärger mit Landläufen? Oder Klassikern? Unsere Experten würden sich freuen, Ihnen bei Gelegenheit ein paar Dinge ins Gedächtnis zu rufen, die Sie in 48 Stunden nicht wiedererkennen! Hand auf etwas, hätten Sie nicht Lust, für Ihr Heu oder Ihre Kinder sich zu verändern? Nutzen Sie Ihre Unentschlossenheit, wir bereuen nichts. Sie leisten sich eine bezaubernde Abwechslung: Dämpfen, Plätten, Rollen, Brechen, alles mitinbegriffen – haben Sie Geduld, wir kommen demnächst vertraulich auf Sie zu.

Die schwarze Büffelwurz dient zur Gebrauchsanwendung eines effizienten Keucher-Seims, des hellen Reim-Lösers. Man nehme das zur Aushöhlung angeleitete Muster eines befehlsbälgigen Radis, versetze es methodisch in Rezeption (Rezeptbereitschaft), die aus einer Füllung Kandelzucker besteht: die derart angereicherte Büffelwurz wird mittels Stricknadeln perforiert und stellt den ersten Rezipienten dar. Innerhalb kurzer Zeit beginnt sein Empfehlungscharakter zu schwitzen und einen seimigen Prozeß abzusondern. Als zweiter Rezipient offeriert sich die Barttasse aus pfirsichfahlem Windspiel-Porzellan. Der Einfluß zum dritten Rezipienten, auch Organ-Organismus genannt, erfolgt auf dem choralen Schlürfweg; er bewirkt sechs zentripetale Erweiterungen, gekoppelt mit einer zentrifugalen Verengung im laryngo-gutturalen Problemfeld – ein nicht unbedenklicher, zeitweilig aber mächtig entspannender Wunscheffekt, der über weitere bereitgestellte Schleimlungen den übrigen Rezipienten nicht nur zugute kommt, sondern sie auch vorwegnimmt.

Enge des Denkens, o kränkende Beschränkung! O wesensgegebene Keks-Menge! Verzehrende Zwänge, fernere Dränge, o transzendente Klemme!

Die Suppe war einmalig, deswegen hatte sie auch kein Rezept, dafür ein Zustandekommen. Sie wurde gebraut. Erlaubt war alles, vorausgesetzt es kam etwas Suppiges zustande. Leitbild schien also eine gewisse Löffelbarkeit gewesen zu sein. Schusternägel, Styroporschrot und winzige Glühbirnen, zu gleichen Teilen gemischt, ergaben bald ein sauber gleitendes Süpplein. Andere Ur- oder Grundsuppen, in denen das fließende, das schöpferische Kriterium den Ausschlag gab, waren aus gasigen Zellen und geschmolzener Schwermut legiert. Die Phantasie läßt Spielräume zu, die Suppe füllt sie.

Höchste Nut und stärkste Feder. Kennen Sie den tiefen Ton? Wir befinden uns an Bord der großen Horizontschleifmaschine. Das Bimsgewöll unter den Ballen reicht für tausend Barfußtänze dieses Tages, den wir frisch abziehen, und wie! Unsere Orgelschleife ist so perfekt eingefleischt, daß wir die Superlative als erogene Zonen empfinden, Fug und Recht, eine transatlantische Schreinermusik durch Mark und Stumpf. Sehet unsere Quadratmeilen (»Lachsfarben eine Erstbetrachtung, selbstverständlichstes Eisfell«), unsere vibraphone Blöße und Beständigkeit (»Bloß Cumulus, tief unten, bloß lachsfarben«), sehet unsere Sonja im Nordlicht! (»Höchsten Anspruch großer Bescheidenheit auf aerodynamischen Kufen, Stufen, lachsfarben. Hier lasset uns versiegeln.«)

Das Gabelfrühstück verspürte Hunger; nein, eher eine Lust auf Persönlichkeit, eine 10-Uhr-Vormittag-Lust auf das, was am Vormittag zu sein hat, also die Lust auf Aufgabelung. Wäre es dem Gabelfrühstück ernsthaft darum zu tun gewesen, es hätte lustvoller hungrig sein können; so aber stocherte es bloß mit der Gabel herum und untersuchte sie, als wär's ein Stück Persönlichkeit auf Frühradieschen. Insoweit war das Gabelfrühstück dann auch wieder lustig am Werk, insoweit gabelte es sich auf und war um 10 Uhr 30 fix und fertig.

Vom Standpunkt der Esser ist Essen etwa das gleiche wie für die Leber das Leben oder für Hölder die Oden. Sachen der Körper. Essen ist in dem Maße vorhanden wie der Denker den Dingen, der Töpfer dem Topfen (...) Ohne den Esser kein Essen. Wo Ärger und kälter, da Omen et Nomen, Barbarer und Bananen. Denn vom Standpunkt des Essens sind Hunger und Lacher zwar Entbehrer, doch Kommerer mundimorpher Endungen, hörnt, hörnt! Ohne Essen sind Esser aber bloß Esser ohne ihr Essen, Kummer ohne Kümmel, item est: Esser sind Optimister. Sie sind Besitzer italienischer Salatblätter, große Versteher: »Essere al verde«! Wo Esser ist, muß Essen sein. Sterber ohne Sterben, wo ist?

*Titelgewürze zum sanften Abschmecken / Vignette / Dreitopf / Winter-*abend / Seliger Eklektiker / Schlicht / Mundschatten / Widmung / Zu Jeder Gelegenheit / Trost / Grobgehacktes / Zarte Rüge / Sinnspruch / Dessert-Vorsatz / Vermeidbar / Entschädigung / Unbedingt / Doppelt Genäht / Nervöse Garnierung / Zum Gruß / Baumwollenes / Wieder Fit / Anekdotisch / Auf Des Schornsteins Hohem Kranz / Gutenachtkuß / Schuppen-Vorschlag / Anreiz / Thermophiler Schluckauf / Leitbild, Intim / Danksagung / Gemischte Tischkarte / Zum Gebrauch / Kalter Schokoladehund / Unverhofft / Speziell / Mit Geschlossenen Augen / Durchwachsen / Auf Dem Heimweg / Mecklenburg / Sappristi /

An die Neue Aubergine
Zeichen und Plunder

An die Neue Aubergine; ein Gedicht von den un-
ausrottbaren Sehnsüchten, die wie Geschwister aussehen, von den zweifelhaften Dingen, die an Nahrung erinnern (Gewächse), von anachronistischen Einflüsterungen jener Vernunft

← derentwegen Die Große Essigmutter wie ein Flugschiff am ligurischen Himmelsbogen erschien, den Faumlöffel schwenkend (»He! He! Hesperiden!«), und gramvoll über meiner solchen Verwahrlosung ←

Gewidmet mit Abstand auch dir, *Grübelspeise, hin- und herflorierende,* den Hand- und Fußmemoiren deiner Titulierwuth (Rauch- und Innigkeit), deinen (...) und auch (...) →

derentwegen das Fell sich sträubte, der kleine Durst, die kleine Natur (aber dann, transsylvanisch gejault: »Kolchis, wo bist du, meine Büffelbutter!«), und auch ein wenig Tagebuch über die Fremdheit

auf daß kein *Ventimigliapode* dich beim Gang zum Post-Castl bezirze

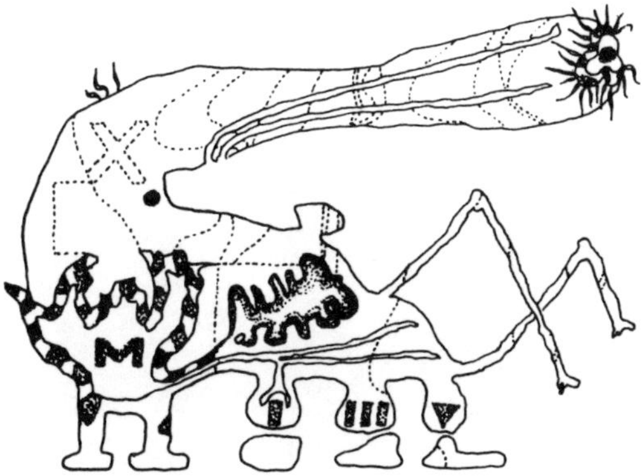

derentwegen die Telephone im Ort sparsam bemüht wurden (nachts lief ein Schlittschuhprogramm), weil man annahm, daß jeder jeden kannte, und was soll es, wenn man zu hören bekommt: »Halt die Ohren steif« – das weiß man, das tut man, das ist eine Binsenweisheit

auf daß die *Karawanserei zur Ligurischen Vesper* dich hinfort … mehr sage ich nicht! …

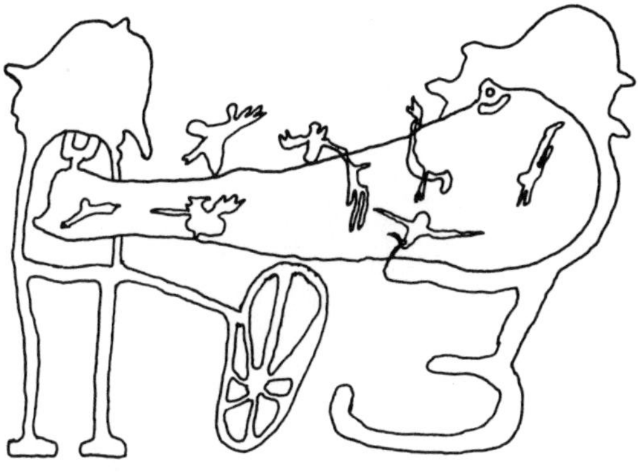

←——— derentwegen wir an dreißig blühenden Linden des Giesebrecht-Sybel-Karrees Notrufe an den ehrlichen Finder befestigen; alle für alle; wir boten ja allerhand: Wohnungstäusche, geflügelte Nasen, sogar Biographien; wo ist sie nur geblieben, wo treibt sie sich herum – ohne unsere Mengenlehre?; aber erst in Wirklichkeit; bald schneit es Hafermehl, Windspiele, Bleifiguren ←

———→ und jeden Dienstag – auf daß *die Entführung der Kinder Sir Isaac Newtons ... na was?* ———→

de-rentwegen all die Denkwürdigkeiten und Rezepte für die Vergängnis von Hören und Sagen so unbekümmert, ja fröhlich und freizügig voneinander abgeschrieben wurden (Manuskripte), immer wieder, atemlos; es gab ganze Bibliotheken, und zwischen den Blättern, gepreßt, die Grundrisse und Aufrisse von kleinen gestreiften Zierkürbissen

auf daß auch *Viola da Gamba im Garten* dich interpretiere (zugegeben, als eine dramatis personam)

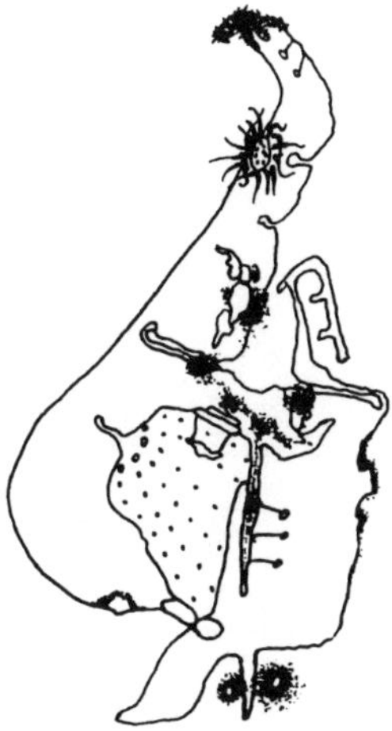

derentwegen die Sommernächte schon richtig ein Sport waren; locker; Indigo-Serpentinen-Nähte, Mikro-Makro-Reißverschlüsse; die Verschuldung im Ort war sagenhaft, wir türmten Hürden auf Bürden, Dienstbotenaufgänge und Feuerleitern, schwelgten in Aufzügen und Klimmgriffen, ein ehrlicher Jux, denn die Verlierer schwanden auf der Stelle; schon gewöhnte man sich an die Vorzüge des Wohnens in Alternativen ←

→ auf daß nichts, aber auch nichts mehr der mit Hoffen und Harfen dehnlich emporenen *Erschaffung der Korrespondenz* im Wege stehe →

derentwegen jemand von uns in der Lage ist/nicht in der Lage ist, Unstetigkeit/Beständigkeit zu äußern, weil er nicht in der Lage ist, etwas Schneeballartiges/Blickschwündiges zu hinterlassen/aufzugeben; und es denkbar wäre, daß in keinem der Fälle einer von uns/mehrere von uns in der Lage ist/in der Lage sind, da noch zur Stelle zu sein

auf daß *Stupor, Platz ergreifend*, dich schön beutle (bis ins vierte Glied)

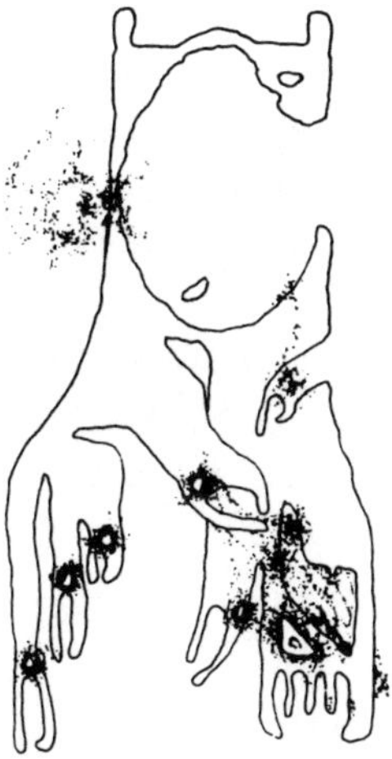

derentwegen der Heutevormittagregen meinen Eigengeruch (das Rauchige an deiner Speise) ganz aus dem Häuschen bringt; umsonst, er ist unausrottbar (man müßte sich die Nase ausreißen, um etwas anderes zu riechen, allein: womit?), er hat sich prächtig breitgemacht; ich rieche, sowohl als auch; die ganze Welt riecht nach meinem Usurpator, pfui, schäm er sich, Schmeichler!, dieser changierende Mediokritäten-Bovist, dieser hartgesottene, mit ausgefeimten Ahnungen gespeicherte Dünster, quasi ein Kunst-Spion, eine Memoirenfabrik, ein Luder-Parasit auf Kosten meines Abendlandes!, der sammelsurische Dreckfing, das babylonische Napolium-Sau!, den Rest verbringe ich mit dem Studium der Tagesläufe einer andalusischen Wachtel

auf daß in Dampf und Beize dir *Wish & Draw, der Scheibenwischer*, beistehe

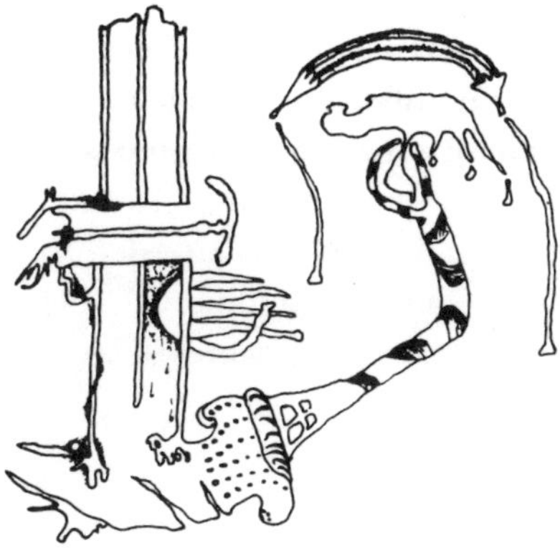

derentwegen bald Botticellis Verhältnis zur Agrikultur nun ungeschmälerter (...) auf (...) Ebenen und Hügelhainen verläuft; geschweige denn jenes zum Handwerk, zur Industrie; im besten Alter ging der Erfinder zur See; ihm folgten die Märzbrecher, die Pumphosen und Saugmäntel, auch Marx, auch Clara, mit Nachnamen Schumann; die Schönheitsbegriffe im Ort wurden zu Straßennamen; mit Dirigentenstäbchen, auf roher Leber serviert, verspeisten die Hirten ihre Pelze; der Apotheker ging barfuß über die Startbahn des Genfer Flughafens; es hatte getaut, erratische Klötze

auf daß *die flüchtigen Olifanten beim Fahrunterricht* (deine und meine) den Rückspiegel nicht verwechseln (unter anderem)

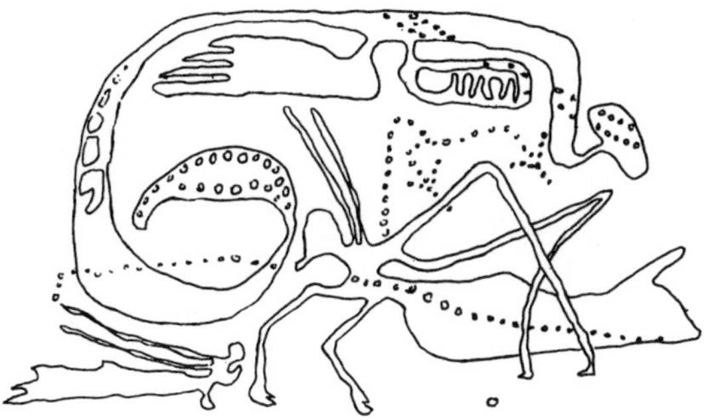

derentwegen? Die Elche; hinüber? Hinüber; welche Elche? Diese Elche; von der einen Grünheit in eine angrenzende Grünheit – wie ging das? Auf der grünen Lichtung; also in Richtung? Nicht gesagt; von Elchen, sagt Caesar, sie wechseln wie Frage und Antwort; sie im Licht, das wechselt die Elche; und weil Elche älter und enger, und grüner, und jener grüner und lichter und – – – könnten Oden, die älter – – – die Öhre der – – – welche – – – lich – – – lin – – – die ←

→ *auf daß dich kein Abgrund-Weh, keine falsche Bewegung auf genauen (...), kein Götzengehirn* →

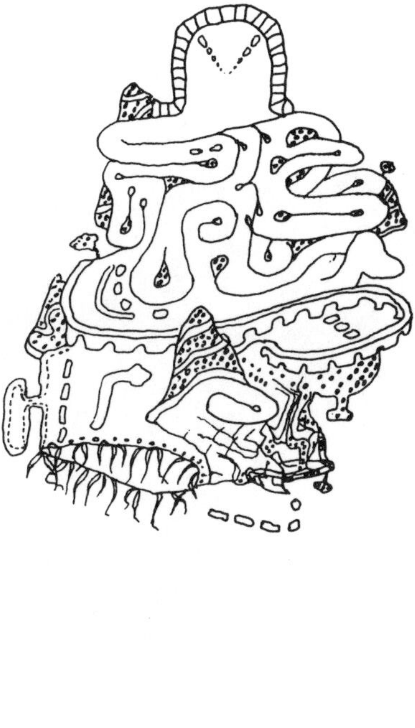

derentwegen, Hochverehrteste, es hier (in der Dekade des Blätterns) nicht so sehr um die Verhaltensnormen (Zellfrüchte, Bellwörter) gehen kann; wir wollen uns bloß einer kleinen Unabhängigkeit versichern; als ob wir sie nicht unbedingt (im Grunde) bräuchten; jede Ähnlichkeit mit Ölmühlen wäre unbedenklich; könnte ich ein Glas Holzgeist mit fünf Stück Sesam-Zucker, bitte, haben?;

auf daß uns die Gegenläufigkeit (rauchig, grübelnd) erhalten bleibe *(»Aber man muß doch, Aubergine!«)*

⟵ derentwegen (wieso: derentwegen?; aber es stimmt; morgen ist Liederfest, morgen glänzt Bartolo hochgradig illuminiert, morgen – mehr sage ich nicht; wenn du nur genügend fragst, stößt du auf die unglaublichsten Querverbindungen) besagte Verbindungen sich einem an der Datumsgrenze hart aufdrängen ⟵

⟶ auf daß mein Kongreßzentrum dein Kongreßzentrum *besser verstehen* kann ⟶

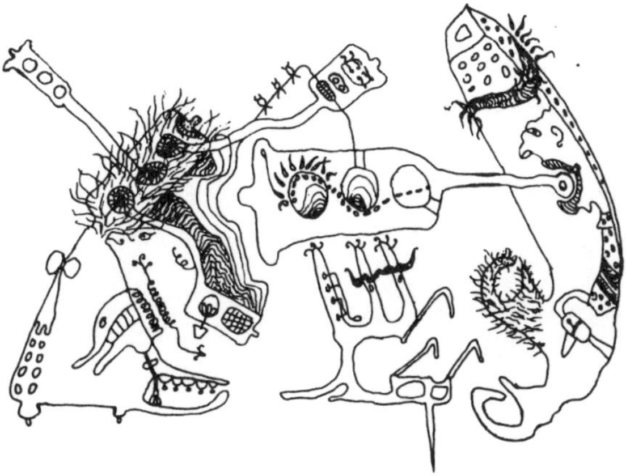

derentwegen auf den unglaublichsten Dingen immer wieder (ab und zu) Streifen erscheinen; die Marquise kommt in den Zirkus, der Rettungsring an den Horizont; Wespen dürfen Melonen umkreisen, Melonen die Wespen nur in Begleitung; die Wahrheit kommt ans Licht, der Mond an den Himmel; Umleitungen, der Tod und das Mädchen, Postalisches und Venezianisches – alles was Streifen hat, auch der Schlagbaum, braucht einen Passierschein; selbst das Kleingeld ist an der Küste gestreift

auf daß dich *Metronom (sliding)* vor dem Mumps bewahre

derentwegen das Panorama sich nicht gerade einheitlich präsentierte (Hörner, z. B., völlig funktionslos, denen man ansah, daß sie aus der Zukunft hereinwuchsen; auf diese Weise sparte man Luft – und Papier!; viele Erfindungen waren oft im Gang), dessenungeachtet zeigte man sich im Ort bestrebt, keine Unklarheiten aufkommen zu lassen; es kursierten Theorien über die Schwerelosigkeit im Bruder-Schwester-Bezug gegenläufiger Anpassungs-Epochen, aber auch andere, nicht minder abgesicherte, zur Frage der partikulären Freiwilligkeit ←——————

——→ auf daß dir *kein Goldenes Vlies in keinem Tunnel* widerfahre ——→

derentwegen die Unschärfe dieser zweifelhaften, an Nahrung erinnernden Dinge (Gewächse), dermaßen tituliert (»Kolchis, wo bist du, meine Büffelbutter!«), nichts anderes wäre als ein scharfes, wenn auch falsches Ausweichen in die Zukunft, d. h. in den Mageninhalt jener Sommernacht; der bei der Obduktion rekonstruiert werden müßte

auf daß *der Grützenfänger* dir bei Nordwind als Zeltwache diene (domestiziert)

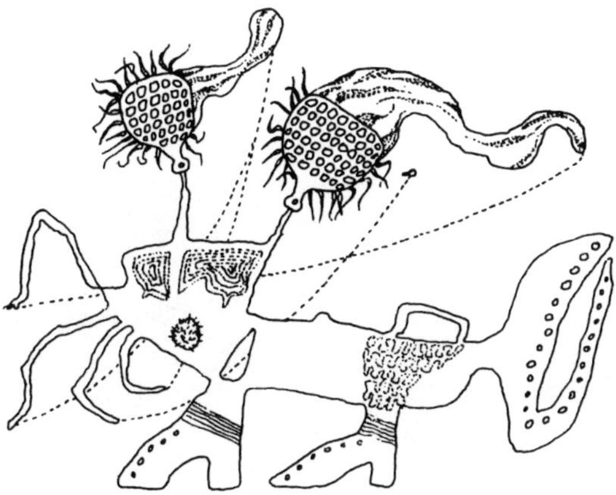

derentwegen bald kein Anspruch auf Klugheit, keine Angst, keine Hornisse, kein Dunstkreis, keine Addition und keine Verneinung, nichts Trübes und nichts Untrübes, nichts Rohes, nichts Dampfiges, nichts Erlegtes, keine Entscheidung und keine Maßnahme, und alles in allem nichts irgendwie Beschaffenes geleugnet oder in Betracht gezogen werden konnte; es waren mitunter harte Anfechtungen

auf daß dich *die künstliche Bescherung* noch umgekehrt (überübermorgen) erleuchte

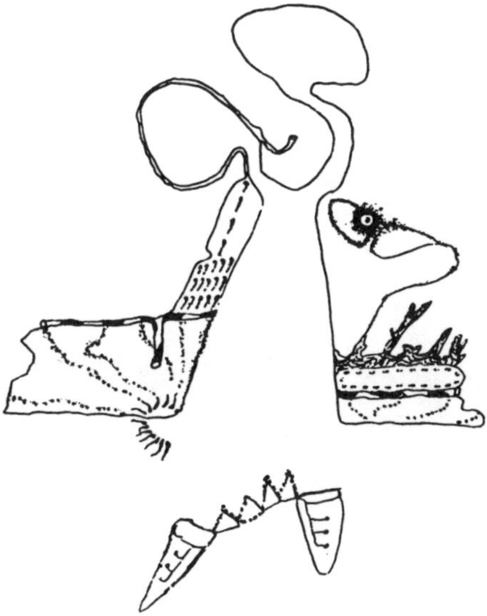

⟵ derentwegen wir die gewaltsamen Landkarten (und jede Landkarte schien uns gewaltsam, selbst die Wald- und Frühlingsgrenzen hatten etwas Widerhäutiges an sich) vorläufig einrollten; auch die Ozalithpausen jener Mausoleen, Pfahlstaaten und Naturparks; den großen und den kleinen Progreß; einrollten, vorläufig, ha, für dich, hochgefräßigste wolkenwandgeile grübelholde BIG SISTER (schmetternichting you); an dich, gewidmet, gestanzt, geflüstert an deine Wettergrenze –: Da sind in Lauch und Gegenlauch die Speisen aufgetragen ⟵

⟶ auf daß dich *die künstliche Bescherung* noch umgekehrt (vorvorgestern) erleuchte

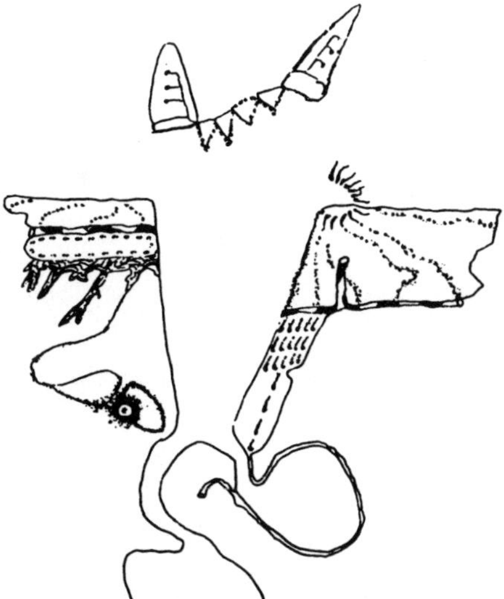

de-
rentwegen manch einer im Ort sein Konto auflöste und in einen noch kleineren Ort zog, was eine Weile ging, bis alle Orte einhäusig waren; so dicht aufeinander, freilich, daß Außenstehende von Ballungsräumen sprachen, Schlaflungen, Geistermaschinen (von Straßen, zu Namen geworden), und wie unmißverständlich spärlich doch die K. u. K.-Anstalten (Kneipe und Kindesbein) gesät wären; Grotesken spielten sich ab, wenn man so will, jedenfalls von übergeordneten Standpunkten aus

auf daß dir *die Exzentrizitäten des Hephaistos* unverblümt (gestreift, rauchig) aufstoßen mögen (in deine Verblümtheit)

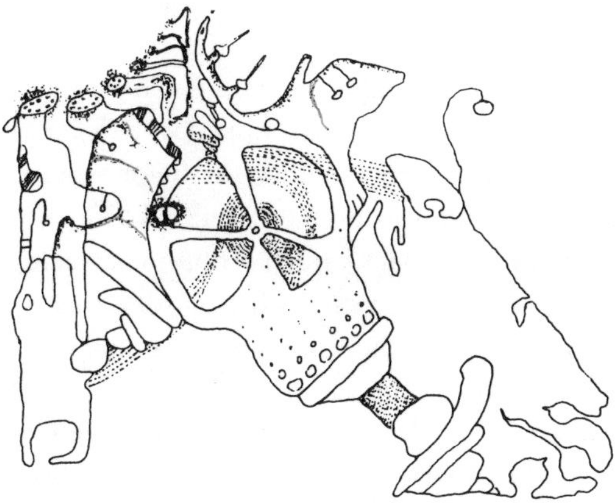

de-
rentwegen wir ja überhaupt die Wanderung angetreten hatten; die Räder an unserer Väter Mühlen rumpelten und pfauchten, uns war so recht wohl in der gespaltenen Eile; eilende Geschäftsleute konnten meinen, wir seien mit der Suche nach diagonal gebeutelten Springseilen befaßt, sie trugen lustige Wolken auf Spießen und eine lange waagrechte Schere; es gab auch Ärger mit ihnen, über die Aussageweise (in bezug auf eben jene Standpunkte), aber höchstens flüchtigen, bald verloren wir den Anschluß, bald tauchten neue Delegationen auf; in den Ölplantagen rief eine Stimme aus dem Behälter für Regenwasser: »Wie, du nimmst meinen Spaß nicht ernst? Oder, was die Sache noch schlimmer macht, du nimmst ihn ernst?«, wir befanden uns an einem trigonometrischen Punkt, ein Schwarm silberner Bedeutungsträger schwirrte hoch und kippte schwindelerregend hinab zum Meer – allweil in Augenhöhe; uns schwanten bereits Dinge

auf daß dich mindestens einmal täglich ein *eminent wichtiger Brief* aus (vor) dem Häuschen bringe (finde)

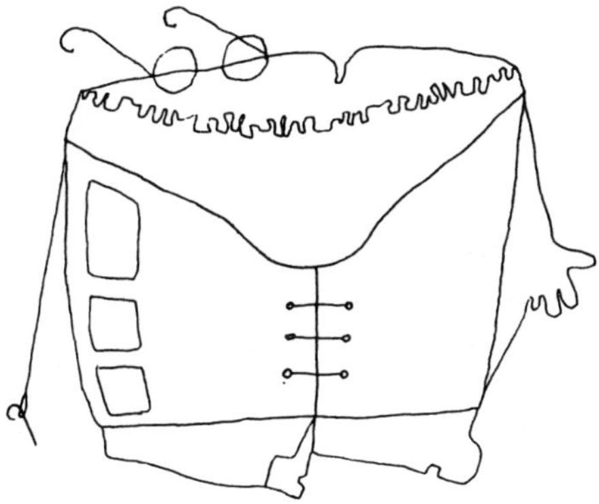

derentwegen die Mundung einer Sache (O Mutabor! O Grübelspeise!) ach stets ein Werk der Zerstörung ist. Nicht genug: Wer unsere Gemüsefrucht dabei schält, ist ein Barbar und Schlimmeres. Und nicht genug: Auch wer die Gemüsefrucht nicht schält, ist ein Barbar und Schlimmeres, wenn das Nichtschälen (und sei's in der Seele) mit einem metallenen Gegenstand erfolgt, denn sie liebt Feuer und Holzgeräte. Wer also die Gemüsefrucht, sei es in der Seele oder außerhalb, mit einem hölzernen Gegenstand schält, der ist zwar ein Barbar (und Schlimmeres), doch nur grundsätzlich. Erst wer das Nichtschälen der Gemüsefrucht ausschließlich mit einem hölzernen Gegenstand vornimmt, ist kein Barbar und nichts Schlimmeres. Immer noch nicht genug? Ach besäße sie doch keine Schale; wir wären (Holz hin, Holz her) gegen Barbarismus und Schlimmeres gefeit

auf daß dir *das beste aller möglichen (Hackebeils)* widerfahre

derentwegen wir Enzyklopädisten in Hirtenfellen euch Enzyklopädisten in Hirtenfellen nichts als die pure ... wo hinwiederum wir Enzyklopädisten (i. H.) uns ebenfallsige (i. H.) doch auch bloß nichts als die pure ... und jeder doch auch nur (»He, he, Hesperiden!«) zum Hin- und Herschlagen (»Schnabel!«) ... ihr/wir Autodidakten, Ökosophen, Raubritter, Däumlinge, Aschenhaar, derentwegen jeder von uns sein Amerika (»Wer nimmt mir den ersten Kontakt ab?«), doch gleich darauf: Die Unvergleichlichkeit des Gewöhnlichen; allein, diese Erfahrung ist außergewöhnlich; etwa der kleine Durst, die kleine Natur am Stehpult, derentwegen, ha, Calderon wäre, ha, dein – was?; allein: und läßt bereits grüßen?; allein: die Forderung (deretwegen) des Tages, der Tage

auf daß du dir den Magen *doch lieber nicht* erkältest (Ama-Pick, Tierarztenswitwe väterlicherseits, kannte 95 Katarrhe)

Loretta

derentwegen man sich vorzusehen hatte: fünf Auberginen, nicht zwei Köche; zwei austernfarbene Sonnenaufgänge für fünf auberginenfarbene Kaninchen; mehrere voziferierende Papageienvögel in Perlmutterschuhen, zwei Esel in einem hohen Husten, unsichtbare Zielpunkte im höheren Gras; fünf, nicht zwei Bestecke in der Kredenz zum ligurischen Krimskrams; Zimpt-zimpt, unser Heimchen – allerdings sind es zwei

auf daß mein *Kalabreserhündchen* (mehr sage ich nicht) dir hinfort nicht von der Seite (Seite 279) weiche

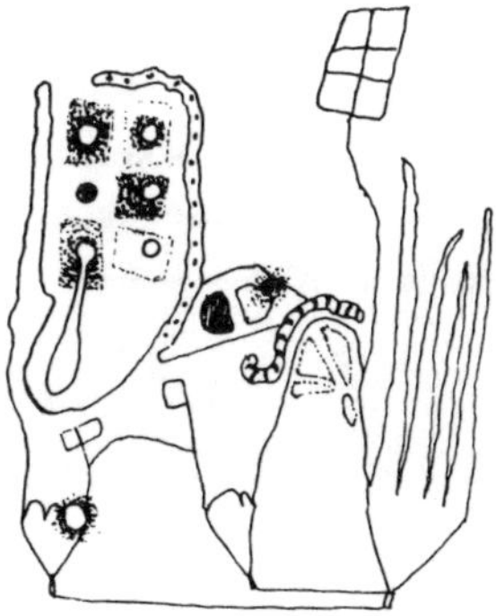

derentwegen, ich vermute es auf und ab gehend, hinter den Pomp-Ouvertüren schon delikate Neuigkeiten im Schwang sind, allerhand unterwegsam-bewegliche Pfeffer- und-Salz-Geschichten; man wird einmal früh genug auf sie achten müssen; ihre Liste wächst, sie ist bereits alphabetisch: Auberginen-Schmeichler, Durst-Oase, Fleißbehälter, Funkel-Durunkel-Geplastel, Hof- und Pulver-Maker, Krümel-Sprosse, Linien-Diener, Maserer, Pünktchen, Puder-Suder, Wurm-Spur-Finder, Zimt-und-Zuckerplunder-Mehl-und-Eier-Uhr und selbstverständlich auch andere Neuigkeiten

auf daß *im Kataster der Mühle (771974 Kalorien)* Füßlinge, die wie Geschwister aussehen … und Oliven, wie Fäustlinge

derentwegen ich rätsele, ob die Reisekasse, die ich mit Andacht führe, nächstens ein Dudelbalg ist?; oder ein sarmatisches Serpentin?; komm, du bist nicht wach; draußen voziferieren die Morgenmänner, es sind fünf, nicht zwei; die Muezzim streiten um die Habersäcke

auf daß die *Einflüsterungen jener widerspeuzerischen Vernunft* deinem Gepudel-Gefinger die Augen öffne

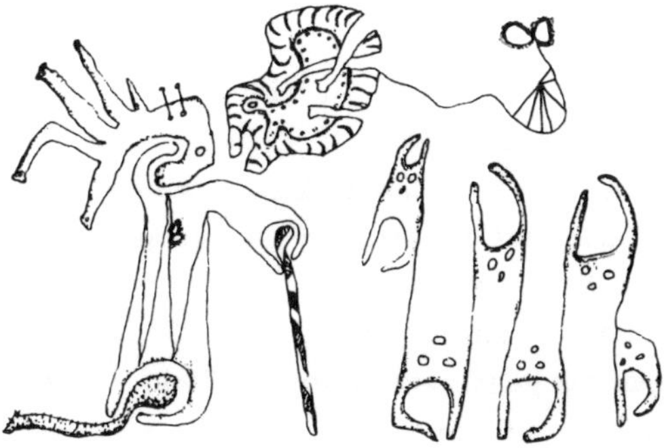

derentwegen die Perspektive je nach der Übung sich ändert; es gibt Dinge im Ort, die hatten einen Anfang, und es gab Dinge im Ort, die haben ein Ende; andere werden Zeit haben; Maulbeeren lassen sich im Gehen, Pistazien eher in den Tischtuchfalten lokalisieren; tragisch erkennst du Fingerabdrücke am flutenden Hahnenfuß; Ginster und Bertram liefen nicht gleichschenklig zu; die Ohrenleuchte dürfte erst hinter dem dritten Höhenzug sinken; wir bitten zu Tisch, jemand – war Memo es? – hat gekocht; nach einer anderen Seite verlängert, öffnet sich ein Netz; Schattenspielzeug; auch gebe es Dinge im Ort, die haben Anfang und Ende sehr beieinander; andere wieder nicht, die flatterten ständig gegen zitronengelbe Ziele, die Ausgangspunkte

auf daß deinen Unternehmungen *(eine Burg aus Zigarrenkisten etwa?)* dann keine Überrumpelung durch zweifelhafte Metronome winke

⟵ derentwegen auf imaginären Saumpfaden eine Hundertschaft den Rubikon überschreitet; zwei Schnürsenkel Ameisen, bestimmt nicht fünf, ach, eine traumhafte Phalanx; jemand, mehr sage ich nicht, hat nachtwandlerisch das säuerliche Papp-Lab angegänzt; Wasabröd und die blauweiße Milch aus deutschen Landen ⟵

⟶ auf daß man, Verehrteste, aus deiner Seele keinen Rasenmäher mache *(komm, du bist noch nicht wach)* ⟶

derentwegen diese temporären Verbindungen, die wir mit Landschaften, Gärungsprodukten, Lauch- und Urzuständen, Zöllnern etcetera eingehen, nicht nur oft laut schnalzen sondern noch am nächsten Tag Ausstrahlung und Anziehung verbreiten; da hängt der fröhliche Landmann an der Wand; bloß wenn es donnert, will die einfühlsame Hand ihn stützen; sie tut es Zoll für Zoll, so öffentlich geht sie ans Werk, so prometheisch köpft sie die Naturkunst, so wohlgemut trägt sie zur Klärung der Luftbestände bei

auf daß die *Schwierigkeiten beim Aufrichten einer Äolsmatratze* von dir nicht unterschätzt würden

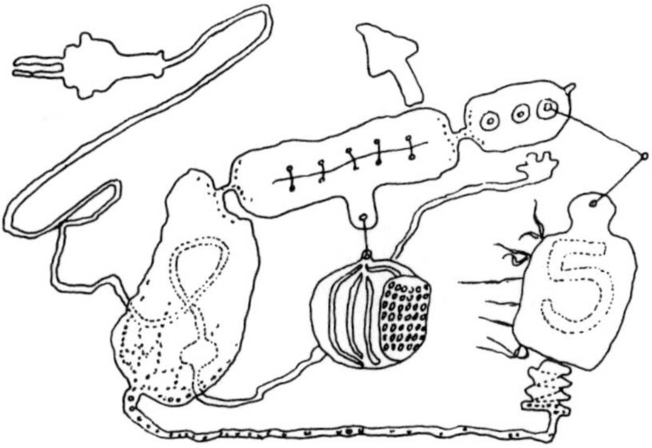

derentwegen ein Schloß in Ligurien auf fünf Beinen durch den postalischen Doppelcharakter meiner Schlafwörter wandelt, nur die Unterschrift fehlt; wir grüßen dich, Adressat, mit zwei austernfarbenen Ansichtskarten, septentrional und dendritisch, wir haben hier lichtblaue Rahmen in jeder Zelle, fünf ganglienstichige Riesenspindeln (an die wir mit Andacht den Halsschmuck der Krimgotenhäscher verteilen, du bist noch nicht wach), und vor allem gibt's heute, kaninchenfarben, mein Auberginengericht, Hochverehrteste

auf daß dein *Porto gegen Augen- und Bettnässe* dich kombustibel erhalte (und vor Analysen schütze)

derentwegen die Muezzim der Ölmühle unter dem Rinnstein (eigens für die Abfälle für den treuen Hund) im Keller voziferieren; es gibt auch Mulden, zwei Rundläufe, Preßblöcke, die hohlen Zisternen; komm, wenn der perlmutterfarbene Husten zerbricht, steigt der Horizont in Augenhöhe, eine erstaunliche Linie, unterbrochen von fünf Zypressen und zwei ephemeren Altersgruppen im Gestrüpp, alles auberginenfarbene Zielpunkte

auf daß du dem *bösen Märchen* ein Bein stellst – das andere brauchst du zum Hüpfen (...)

derentwegen wir uns auf dem Gestein verausgabten (zweckentledigt, Gestein wie Elefantenhaut), zu neunt oder vierundzwanzig, also in ungeraden Gruppen, als gebe es nichts Ernsteres als dieses Splitting (Zuordnung), und es war wirklich ernst; auch Übungen (Übungen?) vollstreckten, die Namen von großen Manövern trugen (auch wenn wir sie komisch fanden) wie: »Famoser Patentbolzen«, »Oberausterepistel«, »Kleiner Mehrzweck« (Dialektik, ein Arbeitstitel) oder einfach »Loskauf«, »Mützentausch«, »Heckenschutz«, »Potlatsch«, eine, wie Michel uns sagte, fortgesetzte Demütigung durch exzessive Geschenke (…)

auf daß …
Wer, zum Gasp, hat schon wieder mein Fortran benützt?

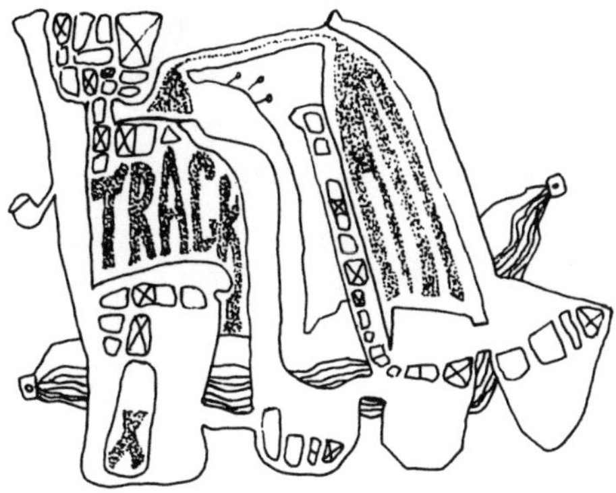
TRACK
X

derentwegen es von Ding zu Ding einleuchtender wurde, die Mehrzahl für die Einzahl zu nehmen, doch auch von Mal zu Mal unerheblicher; Nebelbänke wurden zu Hauptstützen, Wildgehege gaben sich unterschiedslos, Balkon-Szenen ließen sich begradigen; auf allen Leucht- und Mündungsfeuern war ein Generalnenner (Zustand) im Gange; dennoch (wollte man zu wissen glauben) wußte man (glaubte man wissen zu wollen), daß auf den hohen Seidentableaus all diesen Entsprechungen eine Fülle zukam, etwas Fruchtbringerisches, etwa die Hochzeit von Kanaan mit den leicht pompejanischen Einsprengseln

auf daß dir plötzlich z. B. dein Name entfalle *(nicht länger)*

derentwegen (also wohl unseretwegen, der Papyrophagen) die Äcker im Ort – wie übrigens diese ganze, in der Rede-Schwebe gehaltene Chenillen-Obszönerie – mit weißen Schnitzeln besät sind, Speise- und Jagdresten, Übriggebliebenem, zarten Müllspitzen, vom Wind angehoben, eines Picknicks mit den Pleureusen der Neuen Flüchtigkeit (oh Charme & Tugend eines Äther-Tampons, wenn er sich der Wellen entledigt); wir brauchen die Bücher nicht mehr, Candide ist in uns, verworfen, eine fröhliche Deponie

auf daß dein *Birthday-Präsent (»M. M.«)* unser Gedächtnis erleuchte (Hommage! Hommage!)

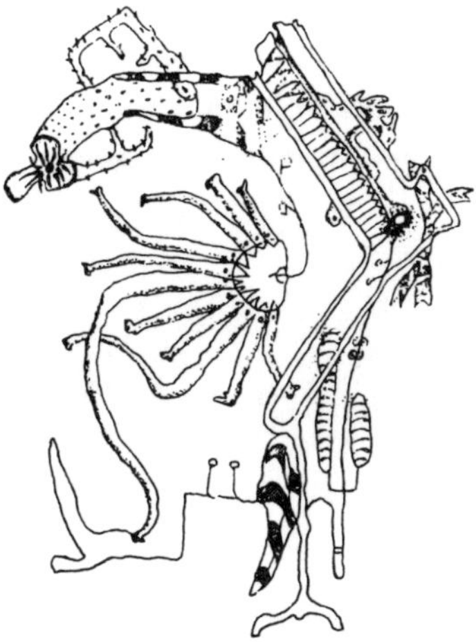

⟵ derentwegen wir zunächst nach Frankfurt flogen; dort endet für Freunde das Wissen; hatten sie Ahnungen – wir haben Taschenfaltboote, aufblasbare weiße Tiere und Seekarten, insgesamt ein Geheimnis; auch Bindfaden, Aspirin, eine Ahle, verschiedene Haarsiebe; »empfanden die Ausrüstung bereits als Natur Nummer Eins«; der Proviant nimmt ab und nimmt zu, beträgt aber höchstens zwei Fünftel des Lebendgewichtes; bald sind wir in der Breite und Länge, irgendwo zwischen Punkten

⟶ auf daß du den Softblick des Tauchers vom Tauchblick des Softers unterscheidest *(Sindbad–Sindbad)* ⟶

derentwegen die Hin- und Rückverweisung auch immer weniger einem Bedürfnis entsprach, dem vermißten (als Mangel empfundenen) Zuwachs (Gewicht) durch Abschaffung all dieses Aufwands abzuhelfen; ohne die Vergleiche (»He, he, Hesperiden!«) war alles ebenso tödlich, keine Szene, kein Tribunal; nicht nur Genovefa wuchs die Zunge genüßlich an den Lippen fest; zum Reden benützten wir bloß noch die Dinge, über die wir redeten; über andere Dinge zu reden, verbot ein neues Schamgefühl, welches, da niemand es vorweisen konnte, unbenützbar, also völlig grüblerisch blieb; Inkonsequenzen, auch andere, waren da, Verdachtsmomente, lauter unrentable (verwunschene) Ursachen oder gar Finalitäten ←

→ auf daß dein *chronisches Verhältnis zur Fleicheslust* auberginenfarben bleibe/werde →

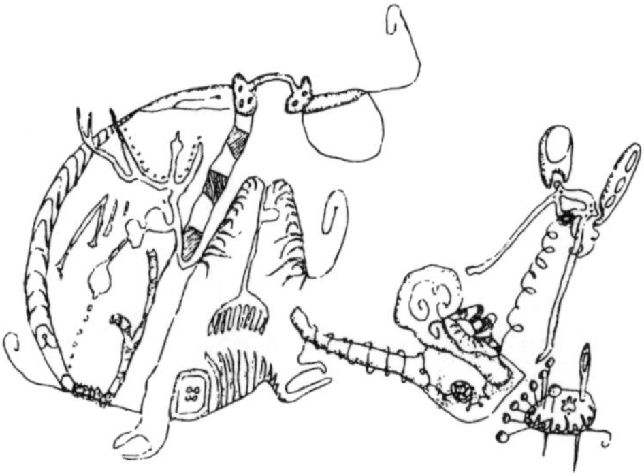

derentwegen, allein, bald niemand da war, sie zu denken; statt dessen unterhielten wir uns organisch mit Hilfe der Landläufe und knollenartiger Fingerzeige; ach es war schön, keine Fleißaufgaben, keine Gräberordnung, nichts Definitorisches an sich zu haben; hätten wir einmal gesagt; ach es war unvorstellbar; selbst die Geheimen Rapporte wuchsen wieder ungelesen als Welträthsel am Strauch: Pommeranzen, Schlüsselbeine, ionischer Bernstein, einhäusig verknotete Rauchschlangen

auf daß dir *Nofretete* (mehr sage ich nicht) *am Fenster* erscheine

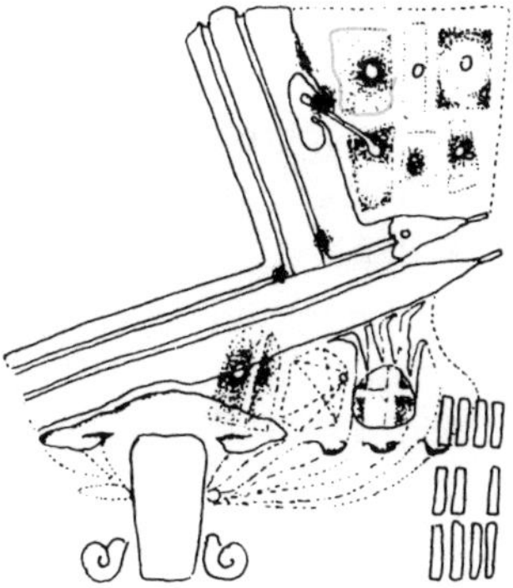

derentwegen im Ort deines Marktes die Absenz der Absenz (bloß angetippt) die Beschwörung der Beschwörung, die Aufzählung des Einhorns, die Überprüfung der Sinne, die Artikulation der logischen Strecken, und der tatsächlichen (bloß angetippt, bloß angetippt), das kleine Tagebuch über die Einflüsterungen jener Vernunft jener Verwahrlosung (Grübelspeise), die zweifelhafte Atmosphäre jener Wanderungen jener Legitimation (angetippt) jener Natur jener Kopfwelt jener Elixiere des Dritten; die Grenze der Aufzählung; die Aufzählung (bloß) der (angetippt) Etlichkeit der Dinge

auf daß die *Verpackung einiger Gelenke* dich über andere (Gelenke) nicht hinwegtäusche

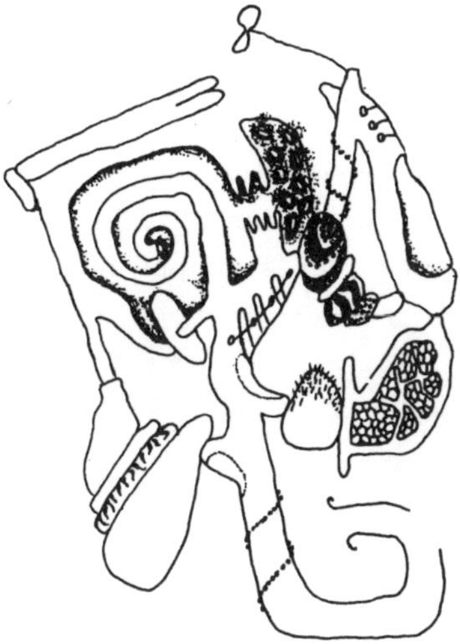

derentwegen wir oft anhielten; besonders an jenem Tag; und ich die Reisekasse führte; und wir an jenem Tag anhielten wie an einem Gasthaus, das in einer Stunde öffnet; und um die Linde herum auf der Bank saßen (komm, du bist noch nicht wach); und Zebrastreifen um die Augen hatten; »das alles was ich sehe, das alles«; uns auf eines von etlichen Gedecken einigten, die angeschlagen (...) das in einer Stunde (...)

auf daß man dich nach dem Unfall am *Grundriß (urban)* identifiziere

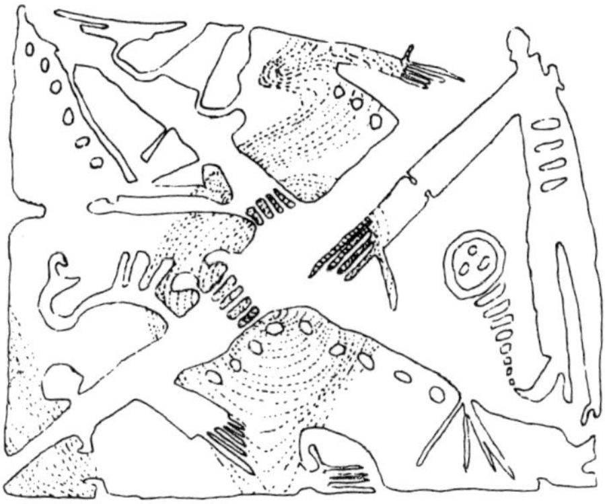

(derentwegen Das Kleine Universum, die sich verzweigenden Hinweise auf Suchbildern, die unechten und die echten Abfälle (Recycling), die Schranken der Streckung, die Club-Regeln, die Tempo-Taschen-Paradiese, die tropfenförmigen Polter-Informationen, die echten und die künstlichen Scheren, das Fassungsvermögen eines mittleren Binnensees an Hirnmasse und das Fassungsvermögen einer mittleren Hirnmasse an Binnenseen, die Absonderungen einer melierten Steppe)

auf daß du nicht zu früh/spät draufkommst/gehst *(Zeitansage)*

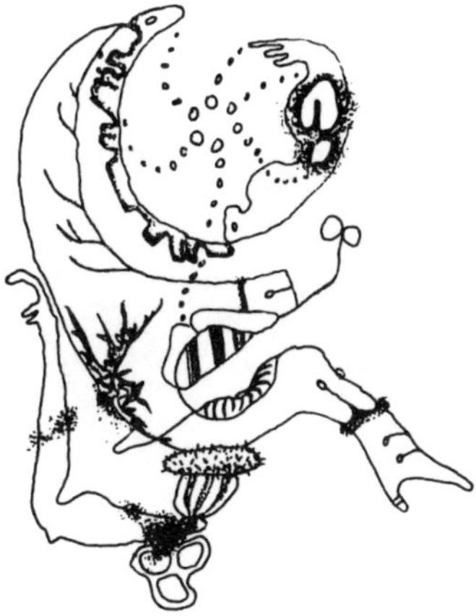

derentwegen Die Große Essigmutter bloß lachte!; Ligurien mit Ligurien testen zu wollen!; aber auch sie hat Ambitionen: mit aus der Gondel manövrierten Fernrohren (Fesselballons) folgt sie den Trümmern der Blech-Präservative auf Mercators kopulativen Viadukten; das inadäquate Verhalten der Lavendelöl-Prüfstelle gegenüber den Kümmelbauern bekümmert sie; mich hält sie aus der Entfernung für eine allegorische Figur, ich sie ebenfalls, das macht das Flimmern der Gewächse über dem heißen technischen Boden, aber auch die Objektivität der Zwischenräume

auf daß (»Mutabor!«, »Amphibiengedächtnis!«) *Diana Biloba* in einem perlmutterfarbenen Medium aus dir spreche

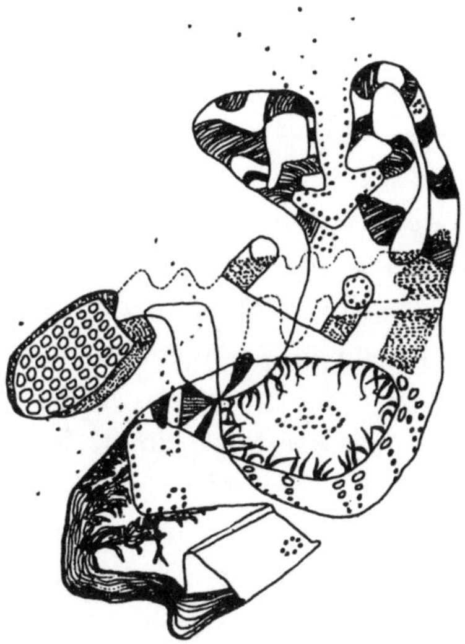

derentwegen niemand im Ort recht von der Stelle kommt; schier dreißig Jahre gehen die Duellanten schon aufeinander zu; sie haben sich unzählige Male ihr gegenseitiges Leben erzählt, das simultan abnimmt und nachrückt; dennoch kommen sie sich wenn auch nicht näher so doch wenigstens so nahe, daß ihre Schultern ähnlich treu wippen (Kamel-Effekt); nur im Knopfloch, das wie ein Fadenzähler atmet, da allerdings zappeln die Jahreszeiten wie Slapsticks, wie irrsinnig beschwipste Buschwindröschen, Spirochäten, die Sekunden des Ebers; gleichwohl stehen den Duellanten (sie gehen aufeinander zu) Erfahrungen auf die Stirn geschrieben, sie sind Charaktere mit Charakterköpfen und vernünftigen Argumenten, eine schlagende Vergeistigung, wie das Lokalblatt sie stets am Wochenende der jüngeren Generation vorhält, doch sie sehen es anders; für sie ist der Trip, auf dem sie sich seit dreißig Jahren befinden, eine ziemlich einmalige Angelegenheit, ein Ausflug nach Lourdes, zum Eisenhammer; unterhalb der Schnürstiefel wabern amöbenhafte Luft-Quecksilber-Pfützen, es sind die Proteine der Tundra, Flechtenbildungen

auf daß *Jakob und Sillis, mit einträchtig flammenden Haaren*, ihr Hemendex bei dir brutzeln können

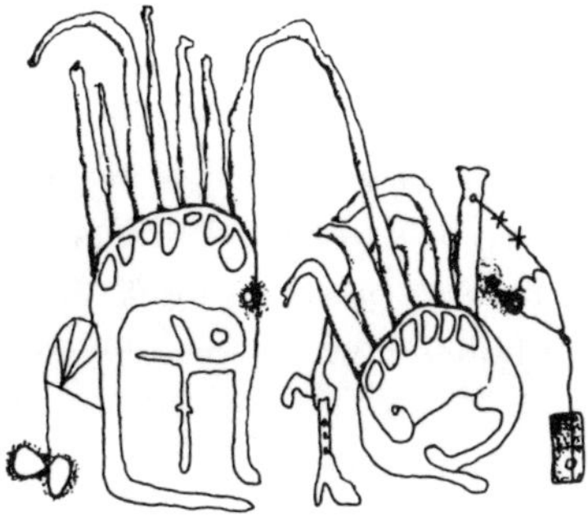

derentwegen wir uns bei aller Einsicht (Komfort) schwer taten (Luxus); bald gingen wir in den Garten oder blieben auf der Terrasse; etwas trinkend; bald verzichteten wir auf allerlei (Melonen) oder entbehrten bald der Trockenelemente (Notwendigkeit); wir waren auf der Suche, rastlos, Brombeeren, Rastlosigkeiten, ureigenste Bedürfnisse (»ein jeder«); bald ging das einfache Salz (Ziegenzucker) aus, bald war so viel Stille (Stille!) über dem Garten, es war nicht abzuschätzen, einige von uns lasen; an allen diesen Tagen lasen wir insgesamt doch weiter; bald (...) bald weniger widrig (subjektiv); auch grunelte es; bisweilen »fünf, nicht zwei!, in einem hohen Husten«

auf daß dir selbst ein *verregneter Anreiz, mit Nackenstütze,* nicht fremd sei (Schaukeln, Illumination, Leben im besonderen usw.)

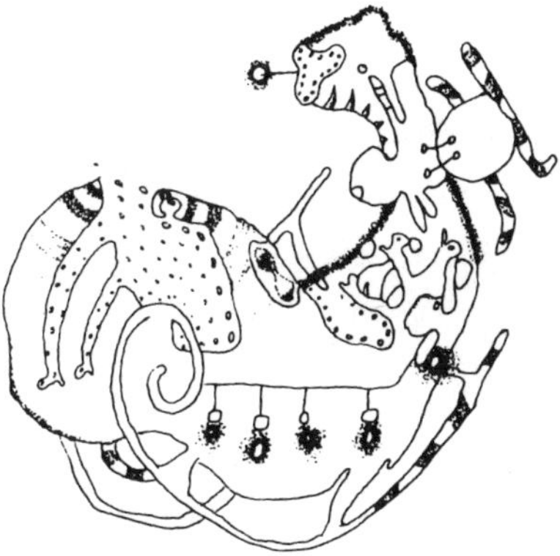

derentwegen die weithergeholten, verwunschen-entwunschenen, fast an Nahrung erinnernden Dinge (Gewächse) vergleichsweise wie Traumbücher wirkten; wer wollte sich schon dem Sinn entziehen; ihm zu begegnen, war man ja unterwegs mit dieser partizipatorischen Einstellung in diesem auf unbeschriebene Ländereien gerichteten Streuwinkel; ob es bald eine Regenverhärtung gibt? (»Stoffwechsel«, so ketzerten schlaftrunken die Tauben, »hält Leib und Seele zusammen« – kurzum: »Taubenbrot«); du jedenfalls, wer oder was du auch seist, schmeckst heute nach dem Schweiß von dreißig forensischen Preisboxern

auf daß dich die *magnetische Pleureusen-Aufsässigkeit* vor unserer Gerechtigkeit bewahre

derentwegen die zunehmende Abstraktheit eines Zeichens für Schmerz einen (wie über Naturwundern, wie über Wasserfällen) Regenbogen erzeugt, den du nicht erdehnst; die Instrumente zittern so rasch, daß die Säule auf einem Kissen von Folk-Songs zu schweben scheint; ich sehe dich noch, einen Schmettertanz; später seh ich dich nicht mehr, die Nadel zeigt Feuchtigkeit ←

→ auf daß *dein kleiner Durst auf einer Strecke Basilikum* und (Rauchgeschmack) .. dein … und Viadukte … →

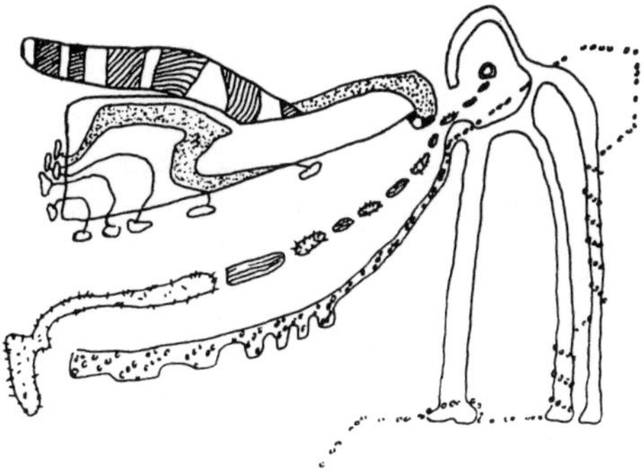

derentwegen im Keller des Gemäuers doch einmal Entdeckungen gemacht werden müssen; einmal wird es herauskommen; es gab es; ich kann nichts dafür, daß die Morde anderer in meinen Träumen vorkommen (liegen); ebensowenig daß der Estrich aufgerissen wird (»Austernfarben, mehr sage ich nicht!«) und der gräßliche Fund mein Traum in seiner Blüte ist; als sei aber schon alles von ihm gefallen, halb Fleisch, halb Wissen von einer verflucht langen Empfindungslosigkeit, die trotz der Beteuerungen (»Wir werden schon aufwachen! Es kann nicht stimmen!«) auf ein Urteil hinausläuft, das mich von mir trennt; und über mir Fässer

auf daß, wenn schon vorweg-memorierend (»hätte« … *»Ligurien, einer Art Schloß«* … »oder kaninchenfarben?« …), dann jedenfalls an dich

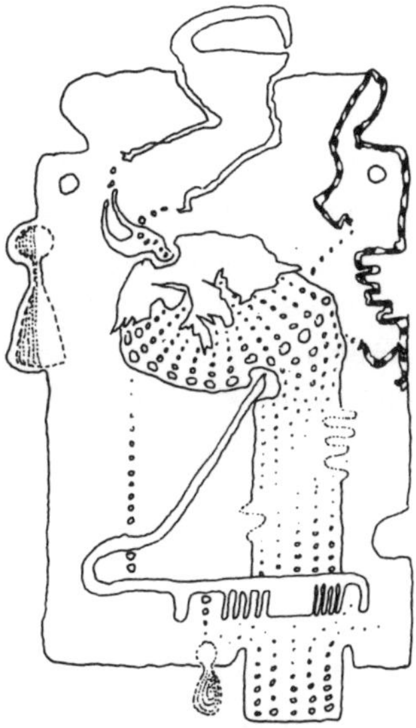

derentwegen
(oder vielleicht bloß weil Zeit vergehen wird) du mich nicht mehr fragen kannst, wo die unausrottbaren (...) bleiben (und ich das – wie die Frage nach den Lufterschütterungen, der Reisekasse im Schnee, den widrigen Entledigungen – doch noch für wichtig hielte); draußen schießen die Einzelheiten ins Kraut, vor lauter Ausnahmezuständen essen wir weiter und denken nicht daran, das Atmen von Kerzenlicht einzustellen (als käme es darauf an); selbst die gesetzlichen Feiertage sind nicht mehr zum Nachholen versäumter Ängste gebrauchbar; selbst die Mandate sind schlampige, chemische Kreuzungen; eben ging mit Hören und Sagen eine Lawine nieder

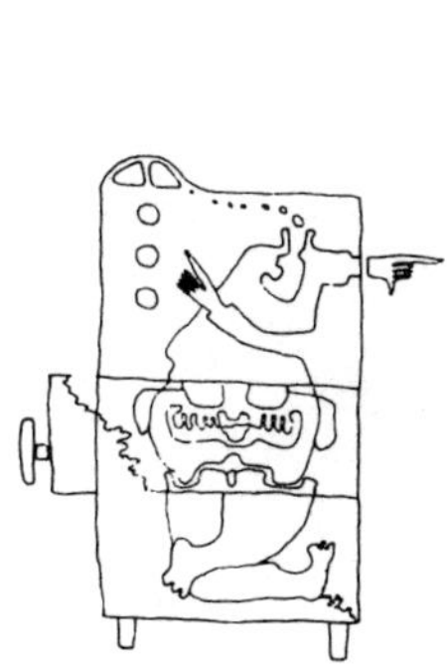

Anhang

Nicht in den Gedichtbänden enthaltene Texte der Jahre 1973-1975

Der Exiltext kann 2-3 Sätze (Handschrift) füllen er möge aus sich heraus gehen er wolle sich doch nicht vor der hausaufgabe drücken sich bei nacht und nabel verschnüren man kenne die ausflucht ins windige knallhart faustdick durch und durch im grund eine fehlleistung formalitäten mit katzenzungen heißt es weiter im text denn im satzverband auch satzung genannt verfügt die erkennungsmarke über den wechselbalg (gebrüder grimm von toitscher art und waise) während dieser über jene anders d h nicht verfügt aus dem kontext geholt also exportiert oder deportiert wird der satz zum aussatz oder findelkind ideologen bevorzugen den umgang mit schreckenswörtern die sie zu lächelnden gesetzen winden unter der pestsäule wird den zufrühgeborenen das schwarze und den zukurzgekommenen das gelbe erbsengericht zuteil den glubschäugigen und mit schwimmhäuten behafteten weist die geschichte ein engeres sieb zu während die flachlippigen abkömmlinge des ahornquadrates dem leitbild des trichters zu schwören haben oh oh oh wir unterscheiden demnach das verlorene kalb vom verlorenen sohn und die geschlachtete hoffnung vom geschlecht historisch betrachtet ist heimweh eine historische sache im folgenden weigert sich der weigerer entschieden den exilstern zu tragen mit welchem recht einerseits so argumentiert er und andererseits mit welcher schuld unvernünftig verschließt er die augen diese vaterlandslosen gesellen diese heimwehlosen melancholisten diese scham- und maßlos nüchternen »jeden herbst verbrennen wir mit dem kartoffellaub götzen und brücken brücken und götzen« und dann: bekenne dich nenne dich derausdemahornquadrat bitte sehr und dann: wo ist dein haus so darf man nicht fragen diese frage ist eine obszöne frage aber zugehörigkeit ist etwas für dritte sichtbar gewordenes heißt es weiter im text nun findet eine migration der axiome statt axiome sind frei sich vermehrende lippenblütler so einfach machen es sich die weltbürger sie trinken jakoböhmischen kaffee gegen das hundsfieber die dogmalaria den ekel am witzwort sie treffen sich nachts auf dem holzweg wann sprechen wir drei uns wieder den gruß im grunde ist alles natürlich sehr einfach ovid ist eine europäische idee my home is my biography und die angst wurzeln zu schlagen eine redensart an dieser stelle ereignen sich dinge jede ähnlichkeit mit toten und lebenden personen ist verschieden jedes leugnen umsonst der versuch die tugend zu nötigen scheitert am tiefsinn ein psychogramm auf der waage ist wie ein wort auf der flucht vor sich selbst wie ein hinkender das ist ein körperbehinderter vergleich oder anders gesagt zwischen verhaftet und verhaftet gibt es quantifizierbare unterschiede oder noch anders gesagt er hat gut reden ihn umschreibt die erkennungsmarke alpha er steht selbst redend auf der seite des verstandes was soll ihm exil 2-3 sätze (handschrift) von einem der fortging das fortgehn zu lernen das mutabor-märchen der stuff matter sprache die ganze litanei

[Meine Schallplatten. Am Mikrophon Oskar Pastior]

Der Teewurzellöwe empfindet eine höllische Zuneigung zu Johann Sebian. Fehlleistungen perspektivieren die Hoffnung. Wenn Sie aber nun wirklich wissen wollen, was das eine mit dem anderen zu tun hat (etwa Ihr Buchsbaum mit unserem Buchsbaum, oder so ähnlich), dann erwidere ich: Nicht von ungefähr fallen meine Präferenzen auf Tonträger zu! Oh nein! Conditionierteste Sanftmuts-Rasereien selegieren, jawohl, und delegieren Tontauben, Antizipierende Kalabreser und Zadderlacher Wiederholungsmodule, bitte sehr. Kein Formalismus trübe unseren Blick!

Und greifen Sie zu, vergreifen Sie sich. Das durchaus Artifizielle in Ihrem Geschmacksverhalten ist eine durchaus spontane Reaktion Ihres Wahrnehmungs-Ichs auf Ihre Ich-Wahrnehmung. Mit anderen Worten: Knabbern Sie ruhig an Ihren Träumen, wenn Sie fingernägeln, nichts ist nüchterner beschaffen als die Beschaffenheit der Nüchternheit.

Im Gegensatz zu Rainer Friedemann fiel Johann Sebian die Ankündigung fremder, d.h. nicht eigener Compositionen ausgesprochen leicht. Seit der Erfindung des Sprechrohrs war manches Phänomen in musikalische Nähe gerückt.

Blau lachte der Himmel, als Johann Sebian, um besagtes zu demonstrieren, eines Wintermorgens in seiner Dachshaarmondur in das besagte Sprechrohr, welches er stets bei sich trug, um seine fremden, d.h. nicht jene eigenen Compositionen anzukündigen, einfach einstieg, was ihm nicht schwer fiel, da es, das Sprechrohr, ja eine dehnbare Erfindung war, deren Oberbegriff zwar oszillierte – zwischen P-mittel und P-kraft – doch immerhin mehrere Klappen besaß, so daß es, das Sprechrohr, im Grunde sich für alles eignete, wofür man es benützte.

Sebians Einstieg ins Medium hatte zunächst eine kurze intensive Pause zur Folge und kurz darauf ein längeres extensives Geräusch in der Form sowohl seiner fremden als auch jener eigenen Composition, was jede weitere Ankündigung hinfällig, überflüssig, ja sogar unmöglich machte. Seltsam.

Ein paar Namen bin ich Ihnen schuldig.

Als Tiny Tim, der unübertreffliche, flankiert von Frau Berberian und José Roura de Perpignan, auf Tanor, zum jähen Aufbruch in die Verjüngung der Winterreise in die Camargue ansetzte, hatte die Moreau einen gewissen Vorsprung vor Löwe-Slezak, begünstigt vom Mistral, während Django Reinhardt glänzend die Wende vollzog! Den Favoriten Hausmann (Raoul) und Lemaître (Maurice) – Hommagen und Reverenzen! Im weiteren Verlauf des interzivilen Zollabbaus folgten Josephine Baker, Léo Ferré, Rossini auf Karajan. Und Dvorak. Und der Brauer.

Und Jonas Mathias auf Liszt. Und Jean Christian Michel. Und King Crimson!

DIE STADT IHRER MEINUNG, DIE PRÄSENZ DER EIgennamen, die Beschwörung der Beschwörungsfrage, die Aufzählung des Einhorns / die Büste der Gobi, die Perfidie des Genetivs, die Geprüfung der Sinne, die Artikulation der Artikulation, die Pfauen der Insel, das Schwanen der Werdas, die Wanderung der Mark / die Atmosphäre des Repertoires der Wachtel der Legitimation / die Sanduhr der Kopfwelt, das Wappen der Binse, die Elixiere des Dritten / die Grenze der Aufzählung, die Aufzählung der Künste, die Etlichkeit der Dinge.

Das Wiengedicht also besteht aus zwei Zeilen: der rechten Zeile und der linken Zeile. Von der Oper aus

betrachtet, befindet sich die rechte Zeile links und die linke Zeile rechts; das ist ein Vorteil für beide, denn so

kann man sie nicht verwechseln. Auf den beiden Zeilen gehen Gebäude- und Straßennamen spazieren,

die man alle kennt; insoweit ist das Wiengedicht populär. Nun gehen sie aber in Uhrzeigerrichtung spazie-

ren, und dabei offenbart sich ein Misterium – wir versuchen es zu schildern: Um punkt zwölf, also am

von der Oper aus betrachtet oberen, d.h. südlichen Ende der beiden Zeilen passiert mit den in Uhrzeiger-

richtung auf der links von der Oper liegenden rechten Zeile spazieren gehenden populären Gebäude- und

Straßennamen plötzlich was Jähes – sie verschwinden; doch ebenfalls und haargenau um punkt zwölf, also

am südlichen oberen Ende, das der Oper haargenau und ebenfalls gegenüberliegt, tauchen die verschwun-

denen Namen am oberen südlichen Ende der rechts von der Oper befindlichen linken Zeile auf und gehen

seelenruhig weiter in Uhrzeigerrichtung spazieren. Punkt sechs wiederholt sich das Gleiche, d.h. das

Entgegengesetzte, am unteren nördlichen Ende, wo sich die Oper befindet. Da die Gebäude- und Straßennamen aber in einemfort in Uhrzeigerrichtung spazieren gehen, ist es auch in einemfort zwölf bzw. sechs Uhr. Für das Verschwinden und Auftauchen gibt es etliche Erklärungen – am plausibelsten scheint der von Connaisseuren oft beiläufig geäußerte Hinweis auf den Ringcharakter des städtischen Gemüts zu sein; aber auch Anspielungen auf den Volksmund, das Riesenrad und das heliozentrische Weltbild entbehren nicht der Schlußkraft. Von der Ästhetik aus betrachtet, ist das Wiengedicht eher surreal als symbolisch, eher eine Erfindung aus der Türkenzeit als aus der Wagnerzeit und eher eine Übersetzung als eine Unterführung.

Sind Sie immer flüssig? DAS KAULEN ZU QUAPP – WIR ENTWICKELN ES. Schilfgrün. Seriöser Wechsel. (… und seufzen auf Wunsch ins Farnkraut, Ihr …)

O Funk-el-Storm

gehen sie möglichst umkommend zur sache/zwiebeln und küsten sind von
innen zu schälen/wir spylen
ihre mögl spylend um/scheck & spiritus sind gegen gierling & schal –
le auszuschütten/papiert?

OSKAR PASTIOR

Quellennachweis

Die Gedichtbände

»Gedichtgedichte«. Darmstadt und Neuwied (Luchterhand) 1973
»Höricht. Sechzig Übertragungen aus einem Frequenzbereich«. Lichtenberg (verlegt bei Klaus Ramm) 1975
»Fleischeslust«. Lichtenberg (verlegt bei Klaus Ramm) 1976
»An die Neue Aubergine. Zeichen und Plunder«. Mit 45 Zeichnungen des Autors. Berlin (Rainer Verlag) 1976

Anhang

Nicht in den Gedichtbänden enthaltene Texte der Jahre 1973-1975

»Der Exiltext kann ...«. Erstveröffentlichung in: europäische ideen, Hg. von Andreas W. Mytze. Heft 1, 1973
»Meine Schallplatten. Am Mikrophon Oskar Pastior«. Sendung des NDR/SFB am 21.5.1973
»Die Stadt ihrer Meinung ...«. Erstveröffentlichung in: europäische ideen, Hg. von Andreas W. Mytze. Heft 7, 1974
»Das Wiengedicht also ...«. Erstveröffentlichung in: Podium (Literaturkreis Schloß Neulengbach) 12. Mai 1974
»Sind Sie immer flüssig?«. Erstveröffentlichung in: Sprache im technischen Zeitalter, Heft Nr. 55, Juli/September 1975. Themenheft DADA – NEODADA – KRYPTODADA

Nachbemerkung des Autors

»Werkausgabe« – ein seltsames Geschehen. Denn auftauchen kann mir das Wort mit dem Hautgout von Deskomposition und Starre ja nur bei lebendigem Leibe; das macht die Sache prekär und mein Räsonieren darüber mit Verlaub unseriös.

Andererseits ist einem so mit 75 ja daran gelegen: der Opusgedanke geistert mir längst und nicht erst seit den ersten runden Jahrestagen, wie sie in eingespielt nuancierten Dosen einem dann doch immer wieder zur Verblüffung erstmalig widerfahren, durch den Kopf. Und länger, sowieso, bereits durch diese Spielregeln der Texte, die immer wieder, wie sich rückblickend herausstellt, in beklemmendem Tempo die noch verbleibenden offenen Möglichkeiten besetzen, dies und jenes zunehmend ausschließen und als Engführung, wenn es gut geht, etwas, was mehr als ein Ausweg ist, virulent, also fruchtbar halten und machen. Ja, diese Bündelung in Buchprojekte (Projektbücher) ist schon in gewissem Sinne vom Werkgedanken und seinem Experimentieren mit Archivsystemen in Szene gesetzt. Wucherungen, Wildwuchs, Knötchenbildung – das organische Wortarsenal, mit dem ich die Ungeplantheit und gleichzeitige Stringenz bedenke, mit der die Projekte in eine schließlich irreversible (biographische) Reihenfolge geraten, ist natürlich uralter Zaubertrick, Beschwören & Bannen.

Daß ich nun freiwillig in diese leichtsinnige Lage geraten bin, mir für den Beginn einer Werkausgabe (der, genau besehen, noch gar nicht der für später gedachte Band Eins mit den allerersten Publikationen sein wird) selber ein Vorwort (Nachwort) zu überlegen, ist freilich auch ganz handfesten

Abwesenheiten zu verdanken: die meisten der bis zirka Mitte der Achtziger Jahre erschienenen Gedichtbände sind längst nicht mehr greifbar; kleinere verstreute Publikationen ebenso. Ich wandle zur Zeit sehr defizitär durch sehr sporadische Lektüreerwartungen sehr etwaiger künftiger Leser – dem also abzuhelfen soll ich nun sukzessive wieder mit den insgesamten Gliedmaßen versehen werden. Darauf, solange ich dabei bin, freue ich mich.

Wie hier, beim Wiedersehen mit den *Gedichtgedichten* von 1973, noch einmal darüber, daß diese 1969-70 in Berlin in einem Schwung entstandenen kleinen Kunstmaschinchen, denn das waren sie (und zwar, wie ich vermute, radikalere als später sagen wir die Sestinen) dann sofort erscheinen konnten, als Klaus Ramm, damals noch Lektor in Darmstadt, sie zu Gesicht bekam – in der Reihe Typoskripte, die dem egalitären Impetus der mechanischen Schreibmaschine (Vor dem Anschlag sind wir alle gleich!) bestens entsprach; und dazu noch herrlich unpaginiert! Für mich ein Wurf, nur so geflutscht, und, wie ich später einsah, insgesamt ein Fazit all der Bukarester aufgestauten Form-Inhalt-Realismus-usw-Fruste, -diskussionen und -miseren; nun, denke ich, war ich tatsächlich mit einer Eigenstimmlage in der Familie der Wörtlichnehmer angelangt, auch ohne die Cousinen und Onkels noch alle zu kennen.

Beiß nicht in die Birne (Südfunk Stuttgart 1971) und *Reise um den Münd in 80 Feldern* (WDR 1971) hießen meine ersten Hörspielproduktionen, in denen sich das Wort als Ohr der Kognition als Medium des Elixiers usw. oral zum Klingen und zum Klingeln brachte. Und auch die ersten paar Hörichte zum Buch, das 1975 dann bei Klaus Ramm selber In den Weingärten 13 in Lichtenberg erschien, waren quasi als gesprochene Verbindungstexte (oder Trennungspuffer) für die NDR-Sendung »Meine Schallplatten«, zu der mich Gisela Lindemann 1973 ins Studio nach Hannover eingeladen hatte, entstanden – noch vor dem Gedanken, daß daraus ein Buchprojekt werden könnte.

In der *Fleischeslust* (1976, wieder bei Klaus Ramm in Lichtenberg) war die organische Bereichlichkeit ja ziemlich naheliegend: ein Pendant zum Ohr mit anderen Sinnesmitteln anzurühren, ein Pseudokochbuch oder Falsches Traktat über Einverleibung, Peristaltik und Metabolismus von Lebensmitteln diversester Art vorzulegen, gewiß auch mit einigen sehr persönlich biographisch mir erwachsenen Hungerängsten aus den Lagerjahren durchsetzt; und ein paar Rezepturen dagegen.

An die Neue Aubergine/Zeichen und Plunder – 1976 bei Rainer Pretzell in der Berliner Werkstatt in Blei gesetzt, mit Pfeilchen hin und her und meinen Kugelschreiberzeichnungen bestückt (und ich kann sagen, ich bin bei der Herstellung dabei gewesen!): eine Art Ligurisches Tagebuch, leicht exaltiert aber noch keine Persiflage (die Aubergine als die »andere Heloïse«) – Zurück zur Natur, liebe Achtundsechziger? Wahrscheinlich doch ein Irrtum! Als Text im Reißverschlußverfahren aber lesbar, die oberen Blöcke mit dem Rückverweis, der auch beim Überblättern ganzer Seiten immer stimmt: die unteren »finalgrotesken« Zeilen mit kursivem Angebot, wie das dritte Ding da auf der gegenüberliegenden Seite (die Zeichnung) gelesen oder benannt werden könnte. Ein triadisches Modell insgesamt, und nimmt ja irgendwie den Rösselsprung der Wechselbälger und allerlei spätere Palindromie vorweg.

Ich stelle mir den weiteren Verlauf der Werkausgabe ähnlich vor: im Zustand einer relativen Vorläufigkeit (also lesbar und lesefreundlich) gehalten und gebündelt, ungefähr, durch die Chronologie der Publikationen, dabei ohne großes Tamtam um Zuordnungs- und Gattungsrivalitäten (Lyrik/Prosa, Übersetzung/Original, Graphik/Text, usw.) – letztlich aber doch, leider, und wie sollte man es sonst lesen können, alles nur auf der dem Papier zugewandten Seite des Buches.

Oskar Pastior, Mai 2002

Nachbemerkung des Herausgebers

Rumänien, das Land, in dem Oskar Pastior im Oktober 1927 geboren wurde, und das er um die Osterzeit 1968 klandestin verlassen hat, brauchte lange, um sich mit einem der bedeutendsten Lyriker der deutschen Gegenwartsliteratur auszusöhnen. Im September 2000 war Oskar Pastior zu einer Lesung in seiner Geburtsstadt Hermannstadt (rum. Sibiu) eingeladen worden, und im gleichen Jahr hat die Fundaţia Culturală Română ihn mit einem ihrer Preise ausgezeichnet. Im März 2001 folgte dann die Universität Hermannstadt und verlieh dem Dichter und Übersetzer die Ehrendoktorwürde. Da hatte der jahrzehntelang Totgeschwiegene sich längst in zäh-sanftem Widerstand gegen die Prägungen durch die »dogmalaria« seiner Herkunftsregionen eine in jedem Sinne eigene Biographie erschrieben und in die Grundlagen dieser Konstruktion die Freiheit der Selbstdefinition eingetragen. Wenn nun die Werkausgabe, anders als gemeinhin üblich, mit dem zweiten Band beginnt, mag der geneigte Leser die Entscheidung dazu auch als Ausdruck dieser Freiheit ansehen.

»im folgenden weigert sich der weigerer entschieden den exilstern zu tragen mit welchem recht einerseits so argumentiert er andererseits mit welcher schuld unvernünftig verschließt er die augen diese vaterlandslosen gesellen diese heimwehlosen melancholisten diese scham- und maßlos nüchternen«, liest man im *Exiltext* von 1973, in dem auch die Setzung »my home is my biography« steht, die freilich auch in der Umkehrung ihre Gültigkeit bewahrt. Heim und Biographie sind gleichermaßen zu möblieren; und über die Anordnung der unverzichtbaren Dinge verfügt souverän der Bauherr.

Aufgabe des Herausgebers muß unter solchen Umständen sein, den Plänen zu folgen; die lange vergriffenen Gedichtbände *Gedichtgedichte, Höricht, Fleischeslust* und *An die Neue Aubergine / Zeichen und Plunder* in die von der Chronologie des Erscheinens vorgegebene Folge zu bringen, ihnen die in jenen Jahren verstreut erschienenen Texte, sofern sie keine Aufnahme in einen späteren Band fanden, hinzuzufügen und die Hörspiele für einen späteren Band der Werkausgabe aufzubewahren. Strebte man nämlich eine streng chronologische Synopsis des gesamten Werkes von Oskar Pastior an, so gelangte man zu Textschichtungen und Interferenzen, die spielend über die Grenzen von Typographie und Buchgestaltung hinausgingen. Wir stellen uns dieses Buch lediglich vor und verweisen neugierige Leser auf die von Klaus Ramm in dem Lesebuch *Jalousien aufgemacht* (1987) inszenierte Motiv- und Themensynopsis. Unser Spiel begnügt sich mit einfacheren Regeln: wenn Sie als Leser mitspielen wollen, müssen Sie noch erfahren, daß das schlanke *Gedichtgedicht* von Seite 9 in der hier wiedergegebenen Gestalt auf dem Umschlag des Bandes von 1973 stand, daß die drei Textstücke, die wir als *Meine Schallplatten. Am Mikrophon Oskar Pastior* präsentieren, zusammen mit weiteren *Höricht*-Texten das Sendemanuskript bildeten. Und daß die Zeichnungen im *Auberginenbuch* maßstabsgetreu reproduziert worden sind; zur Originaltreue fehlt ihnen nur das beigemischte Blau der Kugelschreiberminen von 1976.

E. W.